한국명문가 4代시집

이기형 · 이강희 · 이춘재 · 이정용 · 이정미

햇살 따라 봉선화

이정미 엮음

생각나눔

小巖 李東漢
弧辰先賀孝齡康
況復叢蘭香滿堂
乙知宗誼同根脉
更喜賢聲播郡鄉
官衆未得参華席
詩拙那能替一觴
彝彩彬彬重午節
櫻桃花下管絃長

南坡 韓相基
由天德性得安康
花甲今朝咸北堂
紅榴時節逢佳日
白首文章老此鄉
自樂清貧居陋巷
普補選福醉華觴
又賀斯逢餘慶在
滿庭蘭竹鎮春長

雲山 金舜舉
華甲重逢六一年
賓朋爭賀若人賢
樽酒寬情韜北海
極星精彩降南天
綵縣有仙衣帶儼
藍田種玉子孫全
鐵花幷與榴花發
此會分明後世傳

蓬萊 鄭碩謨
天與修養壽兼康
南極星光帶草堂
靈龜登頌呼千歲
賀蕉今詩集一鄉
入室堪嗟無寶瑟
滿庭惟喜獻華觴
世守清寒家法好
貫田種德較誰長

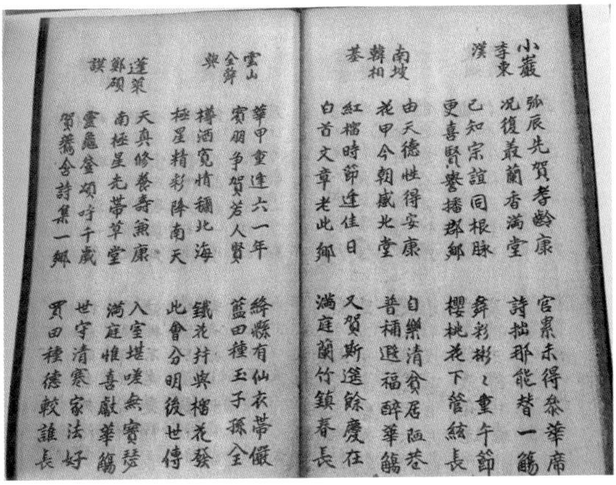

금천 이기형
회갑 축시

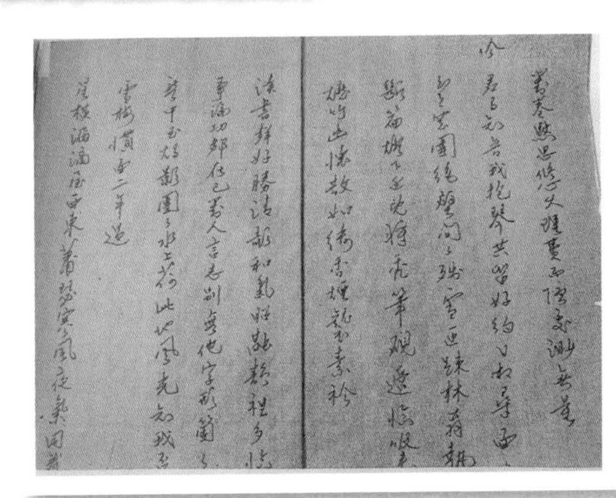

금천 이기형
작품 이미지

금천 이기형
한시집 복사본

碩士學位 請求論文
指導敎授 朴 天 圭

愚石 李康熙 漢詩硏究

1986.

檀國大學校 敎育大學院
漢文敎育 專攻
南 尙 伯

우석 이강희 한시집 사진과
논문 저자 남상백 님의 논문집 표지

우석 이강희 할아버지와
선친 이춘재님

춘강 이춘재 선생
경기 중학교와 대학
시절

춘강 이춘재 선생 가족사진

춘강 이춘재 선생의
사진과 글씨

춘강 이춘재 선생 수필집
『미상』 표지 및 자필 원고
사진

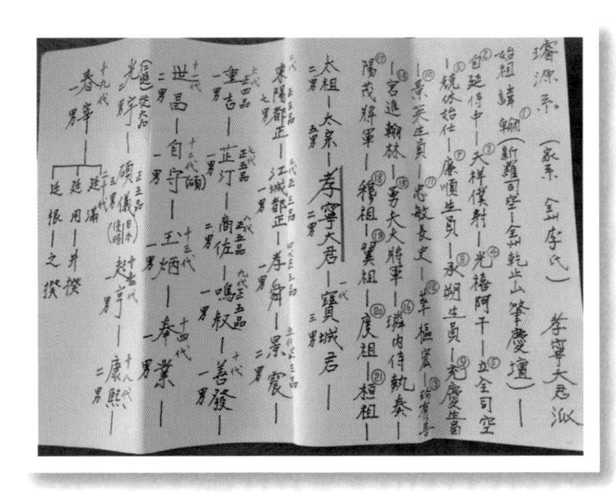

춘강 이춘재 선생
자필 가계도 사진

은강 이정용 신인문학상
등단패

은강 이정용 시집

은강 이정용 작품 표지

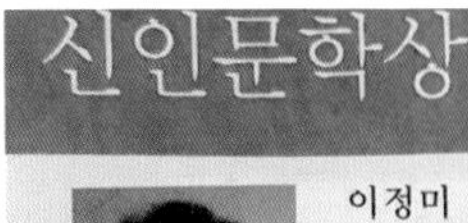

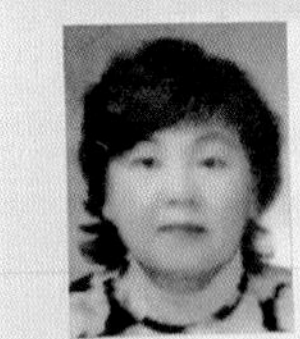

이정미
덕성여자 대학교 영어영문과 졸
고려대학교 대학원 교육학과 수료
고려대학교 대학원 비교문학 석사
(현) 이리 남성여자 중학교 영어교사

이정미 시인 신인
문학상 수상

이정미 시인 신인
문학상 등단패

이정미 시인
등단 계간지

이정미 시인 시집·수필집

— 목차 —

우석 이강희愚石 李康熙 한시

춘강 이춘재春崗 李春宰 시

은강 이정용恩江 李廷用 시

이정미李廷美 시

시작품 평론

4대 시집 『햇살 따라 봉선화』 서문

우연한 기회에 아버지 서가에 꽂혀 있던 1986년도 단국대학교 교육대학원 한문 교육 전공 남상백(南尚伯) 님의 석사 논문집을 발견했을 때 느낌은 놀람이었다. 1985년도에 아버지가 남성여고 교장 퇴임 기념으로 할아버지의 흩어진 한시 306수를 『우석(愚石) 이강희(李康熙) 한시연구(漢詩研究)』, 한 권의 시집으로 발간하였다. 그 후, 어느 교육 대학원생에게 발견되어 할아버지의 시집을 연구한 논문집이 집안의 서가에 꽂혀 있다는 게 본인에겐 어리둥절할 뿐이었다. 살아생전 아버지가 말씀해 주신 바도 없었기에 우연한 기회에 필자의 눈에 띄지 않았다면 그냥 흘려버릴 수도 있었다. 이때 책 한 권의 소중함을 절실하게 느꼈다. 비록 세상에 널리 알려지지 않은 책일지라도 어떤 사람에게는 시간과 정열을 나눈다는 사실이 실감 났다. 한 권의 책을 가벼이 생각할 수 없음이 실존으로 다가왔다.

그 석사 논문집 발견을 계기로 할아버지아버지·필자의 시들을 묶어서 3代 시집을 발간하였고, 그 후에 증조할아버지의 시집을 찾아서 4代 시집 발간 계획을 세웠다. 마침내 증조할아버지의 시집의 복사본을 샌프란시스코에 거주하시는 당숙님에게서 우편으로 받아 볼 수 있었고, 원광대학교 교양학부에 근무하시는 김재룡 교수님의 열성이 담긴 번역으로 마침내 햇빛을 볼 수 있게 되었다. 물론 이 4代 시집은 증조할아버지의 43수의 시가 (분절하여) 처음 실리게 되고, 할아버지의 시 306수 중에서 3代 시집에 실린 45편을 제외한 새롭게 선보이는 64수, 또 본인의 3代 시집에 실리지 않고 『열려라 참깨』, 개인시집에도 실리지 않은 새로운 33편의 시들을 싣게 되었다. 또 작년에 시인으로 등단하여 작품 집필에 매진하는 둘째 오빠, 이정용 시인의 시들 39편도 함께하게 되었다. 그러나 한 가지 아쉬움은 아버지의 시들이 여분이 없어서 3代 시집에 실렸던 시들을 그대로 또 한 번 싣게 되는 점이다. 3代 시집을 발간한 지 벌써 7년의 세월이 흘렀다. 그 시절 출판사를 예닐곱 차례 방문하여 표지의 디자인부터 중간 부분의 삽화들에 이르기까지 관심을 보이고 함께 상의하며 책 한 권이 완성되는 과정을 지켜보았다. 평생 수십 권의 책들을 발간하는 사람들에게는 일상적인 일이 될 수도 있겠으나 필자에겐 처음으로 엮는 책이라 감회가 남달랐다.

책의 제목을 '햇살 따라 봉선화'로 정했다. 첫 3대 시집 『백 년을 걸어온 봉선화』를 통해서 묵묵히 인고의 세월을 뚜벅뚜벅 한 걸음씩 걸어왔다면 김형준 선생 시에 홍난파 선생 작곡의 '울 밑에 선 처량한 봉선화'는 일제 탄압의 과거부터 현재까지 백 년이 넘는 세월을 거쳐 우리 민족과 개개인에게 위로를 안겨 주고, 정서를 공유했다. 이젠 우리 민족도 한류 문화의 전파와 경제 성장을 통하여 세계 무대의 변방에서 중심으로 이동해 왔다. 좀 더 힘내서 밝은 햇살 따라 주변국들의 위세에 휘둘리지 않고 우리가 정치·경제·문화의 주체가 되어 한반도는 물론 세계의 하늘에서 아래를 내려다

보며 한류 문화가 아름답게 춤을 추고, 경제는 아시아의 중심 국가가 되어 전 세계에 햇살을 밝게 비추며 자연스럽게 통일 한반도를 이루어서 세계의 국가들을 지도하는 입장이 되기를 염원한다. 모든 것이 원만하고 순탄하게 이루어져 돌아갈 수 있는 모양새에 바람을 실어, 모든 일이 만사형통하기를 「햇살 따라 봉선화」 제목에 달아매고 높은 하늘로 넓은 바다에 두둥실 띄워 보낸다.

또 필자의 남은 인생도

햇살 따라

봉선화

1.

錦川 李起亨

금천 이기형 한시집

금천 이기형 평전

금천(錦川) 이기형(李起亨, 1867~1931) 선생이 살다간 시대는 조선 말기 유럽의 열강들이 동아시아의 패권을 놓고 전쟁을 일삼던 시기로, 시대적으로나 경제적으로 어려운 시대의 삶을 살다간 세대라고 할 수 있겠다. 선생은 전라북도 진안군 정천면 모정리에 부친 이석의(李碩儀)부터 터를 삼고 살았으며, 본관은 전주 이씨(李氏)로 효령대군(孝寧大君)의 17대손이시다. 선생은 훈장을 하였다고 하며, 마을의 훈장으로서 어린이부터 젊은이들에게 남다른 열정으로 한학을 가르쳤다고 한다. 그의 회갑(回甲) 때 원근(遠近)에서 시인들로부터 70여 수가 넘는 수연(壽宴) 축시(祝詩)를 받아 묶은 시집이 따로 전하는데, 이렇게 많은 축시를 받는 것은 현대 사회에서도 쉽지 않을 것이다. 축시는 일반적으로 모두 그 사람을 축하하는 내용이겠지만 그렇다고 아무에게나 축시를 쓰지는 않는다. 축시에 나타난 금천 선생의 인품과 덕행은 많은 사람으로 하여금 원근(遠近)에서 흠모했던 것을 알 수 있다.

금천 선생의 유일한 유고(遺稿)는 『금천산방시집(錦川山房詩集)』이다. 그런데 주목할 점은 이 유고(遺稿)는 붓글씨로 쓴 것이 아니라, 유려한 행초서(行草書) 펜글씨로 쓴 점이다. 초서 공부를 하지 않은 현대 사람이라면 읽을 수 있는 사람은 없으리라 생각될 만큼 유려하게 쓰인 시집이다. 시집에는 "무인중춘근서(戊寅仲春謹書)", "무인년 중춘에 삼가히 쓰다."라고 되어 있는 것을 보면 이 시집에 실려진 시의 양이 많지 않고, 또한 시집이 너무 낡아 유실될 것을 염려하여 후세에 누군가에 의해 옮겨 적은 것이 아닐까 추고(推考)해 본다. 왜냐하면, 상소문(上疏文)이나 문중의 어른 또는 집안의 조부모께 올리는 글이라면 근서(謹書)라는 단어가 적합하지만, 일반 자신의 원고에 '삼가히 쓴다.'라는 문장은 적합하지 않기 때문이다.

아마도 자녀나 이외 다른 사람이 쓴 것으로 보인다. 금천 선생에게 두 자녀가 있었는데 모두 필재(筆才)가 있어 고을에서 이름이 났다고 한다. 첫째는 강식(康植)이며, 둘째는 강희(康熙)이다. 이 시고(詩稿)는 아마도 둘째 강희가 옮겨 적은 것이라고 사료된다. 왜냐하면, 강희는 용담공립보통학교를 나와 전주 농업학교 졸업과 동시에 완주군 농협에서 40여 년간 봉직하다 퇴임하였는데, 둘째 강희가 관직에 봉직하던 시절의 모든 관공서 공문서는 펜글씨 내지 만년필로 쓰던 시절이었기 때문에 이 시집의 펜글씨가 둘째인 강희의 필적으로 사료 되는 점이다.

금천 선생의 시집은 증손녀인 정미(廷美)가 어렵게 찾은 원고이다. 강희(康熙)의 조카이며, 정미의 당숙이던 준재(綧宰)가 미국에 이민을 떠난 이후 소식이 뜸해졌으며, 그간 잦은 이사로 인해 연락이 더욱 어려운 상황이 전개되었기 때문이다. 그러나 증손녀 정미가 수년간 수소문 끝에 당숙 준재와 연락이 되어 그가 소장하고 있던 시집을 받아 번역을 통해 4대 시집으로 탄생하게 되었다. 그러나 안타까운 점은 금천 선생의 시가 많지 않다는 점이다.

금천산방시집에 실린 전체의 시는 20여 수가 채 되지 않는다. 시 가운데 국한문(國漢文)으로 된 마이산 기행의 산문도 한 편이 실려 있다. 장문의 시는 현대인들이 읽기에 편하도록 장편의 시는 절구(絶句) 형식을 빌려 나누어 놓았으며, 직역보다는 의역에 중점을 두고 심혈을 기울인 점은, 현대인들에게 더 가까이 다가가려는 점이 있었음을 밝힌다. 앞으로 시집이 출간되어 선생의 시를 읽는 이라면 선생의 시가 많지 않음을 가장 아쉬워하지 않을까 생각되는 부분이기도 하다. 왜냐하면, 그의 시에서 느껴지는 서정적(抒情的) 시상은 각박한 경쟁시대를 살아가는 현대인에게 충분히 마음의 안식처로써 독자의 마음을 촉촉하게 적셔 줄 수 있는 아름답고 포근한 정서를 갖고 있는 시(詩)이기 때문이다. 그의 시에서는 전원(田園)적 풍경에서 고요한 산방(山房) 초가집의 풋풋한 정서가 물씬 풍기기도 한다. 그의 시 「한음(閒吟)」에서 "山家靜闃如僧房, 只有茶煙細襲香 산방의 고요함은 스님네들 거처하는 절과 같아 차를 끓이면 연기처럼 향기마저 스며드네."라는 시구에서는 전형적인 시골의 한적하고 고요한 풍경의 그림 한 폭이 머릿속에 그려지는 시라고 하겠다. 아픈 시대를 살아가는 시대의 지성인으로서 고뇌도 엿보인다. 먹고 살기 힘들었던 시대인 만큼 "臨時經濟心舟通 세상이 잘 다스려질 마음의 배가 뜨니" 나라의 경제 부흥을 염원하기도 한다. "食以米蔬服以麻 쌀 채소 먹고 삼베옷 입는 살림살이", 늘 청빈한 삶을 꿈꾸었던 금천 선생은 "讀書聲好勝淸歌 글 읽는 소리 좋은 것이 청아한 노랫소리보다 나으니" 독서를 일삼는 것을 인생의 낙으로 여기면서 항상 교육을 생각했던 분이라고 생각한다.

한학자 김재룡

※※※ 『금천산방시집』 번역 및 평전

직역과 의역

–

錦川山房 詩集

금천산방시집

戊寅仲春 謹書

무인년 봄 근서

1.

	〈직역〉
偶吟	우연히 읊조림.
萬事始終歸一端	모든 일 시작과 마침이 한끝으로 돌아가니
容人屈己在於寬	남들을 안아주고 자신에 겸손함은 관용이라네
有生天地難傷道	천지에 살면서 도리를 어기기 어려우니
吾路分明四體園	내가 가는 길 분명 사체의 동산인 듯
彬彬多士會山房	덕행이 훌륭한 많은 선비들 산방에 모여
各賦新詩字字香	제 각각 새로 지은 싯귀는 글자마다 향기롭네
底事移來花軸上	마음속 지은 시 화려한 시축 위에 옮겨와
再三閱後更思量	재삼 열람한 뒤에 다시금 생각에 잠기네

	〈의역〉
偶吟	시상에 잠겨 읊조림
萬事始終歸一端	세상일이란 시작과 결과가 있는 법
容人屈己在於寬	다른 사람을 포용하는 겸손함이 관용이지
有生天地難傷道	한 세상 살면서 도리는 지켜야 하나니
吾路分明四體園	나의 생활 분명 내 몸으로 정원 삼았더니
彬彬多士會山房	덕행이 훌륭한 많은 선비들 정원으로 모여
各賦新詩字字香	제각각 새로 지은 시 글자마다 향기롭네
底事移來花軸上	마음속 지은 시 화려한 시축 위에 옮겨와
再三閱後更思量	재삼 열람한 뒤에 다시금 생각에 잠기네

2.

	〈직역〉
閒吟	한가히 읊조림
山家靜闌如僧房	한가한 집 고요한 문지방이 마치 스님 방처럼 고요하니
只有茶煙細襲香	오직 차 연기만 있어 살며시 향기 엄습해 오네
對卷默思悠久理	책을 대하고 유구한 이치를 묵묵히 생각하니
費而隱處渺無量	도의 작용이 넓고 본체가 음미한 곳 묘연하여 헤아리기 어려우네

	〈의역〉
閒吟	책을 읽고 묵상에 잠겨 읊조림
山家靜闌如僧房	한가한 집 고요한 문지방이 마치 스님 방처럼 고요하니
只有茶煙細襲香	오직 차 달이는 연기에 차향만이 살포시 스며드네.
對卷默思悠久理	책을 펼쳐 영원히 전해지는 깊은 진리에 묵묵히 잠겨보니
費而隱處渺無量	진리의 작용이 넓고 본체는 깊고 묘연하여 헤아리기 어렵다네

3.

閒吟

君有知音我抱琴

共留好約日相尋

面面寒雲圍絶壁

間間殘雪匝疏林

〈직역〉

한가히 읊조림

그대 소리를 알고 있음에 나는 거문고 앉고 와

함께 머물러 좋게 약속하며 날마다 서로 찾는다.

사면에 찬 구름 절벽을 에워 쌓는데

간간이 쇠잔한 눈이 성근 숲을 둘렀네

〈의역〉

閒吟	눈 내린 숲을 바라보며…
君有知音我抱琴	그대 음악을 알기에 나는 거문고 앉고 와
共留好約日相尋	함께 있는 것이 좋아 날마다 서로 찾을 적에
面面寒雲圍絶壁	사방으로 찬 구름 절벽을 에워 쌓기도 하고
間間殘雪匝疏林	간간이 내리는 눈발로 거친 숲을 덮기도 하지

4.

翁執斷篇燈下近

旣將禿筆硯邊臨

吸來烟竹幽懷散

如縷香煙襲素衿

〈직역〉

늙음이 단편 책을 잡고 등불 아래에서 가까이하니

이미 모자라진 붓을 잡고서 벼루 가에 임하네

호흡하고 대나무를 사름에 그윽한 회포 흩어지니

실오라기 같은 향기로움 연기 흰 옷깃에 엄습해오네

〈의역〉

몽당붓에 시 한 수를…

翁執斷篇燈下近	늙을수록 책을 펴고 등불을 가까이하면서
旣將禿筆硯邊臨	때론 몽당붓 잡아 벼루에 먹도 적셔 보네
吸來烟竹幽懷散	불 붙인 긴 담뱃대 한 모금에 회포를 풀면
如縷香煙襲素衿	가늘게 피어나는 향기로운 연기 옷깃에 스미네

5.

讀書聲好勝清歌

和氣昭融靜裡多

臨事論功都在己

對人言志別無他

〈직역〉

글 읽는 소리 좋음이 청아한 노랫소리보다 나으니

온화한 기운 소융함이 고요한 속에 많구나

일을 임하여 공을 의논함이 모두 자기에게 달려 있으니

남들을 대하여 뜻을 말함에 특별히 다를 것이 없다네

〈의역〉

글 읽는 즐거움을 누가 알리…

讀書聲好勝清歌　글 읽는 소리 좋은 것이 청아한 노랫소리보다 나으니

和氣昭融靜裡多　이처럼 온화한 기운 조화로움은 고요함 속에 많은 것이지

臨事論功都在己　모든 일에 공덕을 의논함은 모두 자신에게 달렸나니

對人言志別無他　남들에게 내 의지를 말함에 특별히 다를 것이 없다네

6.

字形箇箇盤中玉

燭影團團水上荷

此地風光知我否

雪梅慣面二年過

〈직역〉

글자의 모양은 개개가 소반 가운데 구슬인 듯

촛불 그림자 둥글둥글함이 물 위에 연꽃인 듯

이곳 풍광이 나를 알기나 하나

눈 속에 매화 눈에 익어 2년이나 지났구나

〈의역〉

	글씨 쓰다 눈 속에 핀 매화를 보며…
字形箇箇盤中玉	글자 모양은 모두 소반 위에 구슬인 듯
燭影團團水上荷	촛불 그림자 둥글둥글함은 물 위에 연꽃인 듯
此地風光知我否	이곳 풍광이 나를 알기나 하는지
雪梅慣面二年過	눈 속에 피는 매화 보는 것이 2년이네

7.

星橫漏滴屋西東

蕭瑟寒風夜氣同

看月精神先近水

聽琴意志預裁同

〈직역〉

별들이 비껴 집 동서로 새어 떨어진 듯

소슬한 찬바람은 밤기운과 같네

달을 봄에 정신이 앞서 물을 가까이하고

거문고 소릴 들음에 뜻이 미리서 오동나무를 심네

〈의역〉

달밤을 거닐며…

星橫漏滴屋西東　지는 별빛 초가집 사이로 떨어지는 듯

蕭瑟寒風夜氣同　소슬한 바람에 밤기운도 차갑네.

看月精神先近水　본래 달을 보려고 물 앞에 섰고

聽琴意志預裁同　거문고 소리 들으려고 미리 오동을 심네

8.

謀酒來時無事客

圍燈坐處覓句童

推想人間千古事

成功只在一心中

〈직역〉

술을 꾀하여 올 때 일없는 길손이오

등불을 에워싸고 앉는 곳에 시 글귀를 찾는 아동이라

인간 천고의 일을 추상 하여 보니

성공이란 단지 한결같은 마음속에 있는 것을

〈의역〉

부귀공명 부질없는 것을…

謀酒來時無事客	술을 마시려는 이는 할 일 없는 길손이오
圍燈坐處覓句童	등불 에워싸고 앉는 곳엔 시 짓는 학동이네
推想人間千古事	인간사 천 년의 일을 상고 하여 보니
成功只在一心中	성공한 사람 누구던가 하나같이 마음에 묻고 떠났지

9.

食以米蔬服以麻
生涯疏散等寒鴉
琴聲初罷客將枕
詩畵纔休旣更茶

〈직역〉

쌀 채소 먹고 삼베옷 입으니
생애가 소산함에 차디찬 까마귀 같네
거문고 소리 처음 파함에 객이 장사 베개 베고자 하니(잠들려 함)
시 이야기 겨우 그치자 이미 다시 차 이야기하네

〈의역〉

선비 살림살이 청빈한 것이 죄던가?

食以米蔬服以麻 쌀 채소 먹고 삼베옷 입는 살림살이
生涯疏散等寒鴉 생애가 소산함에 눈비 맞은 까마귀 같네
琴聲初罷客將枕 거문고 악기 멈추고 객은 베개 베고 눕자
詩畵纔休旣更茶 시 서화 이야기에 다시 차 이야기로 이어지네

10.

詩中歲月與君消

花下良辰月下宵

若較由來如許趣

何論赤壁利歌簫

〈직역〉

시 속에 세월을 그대와 함께 소일하니

때론 꽃 아래 좋은 때에나 달 아래 밤이어라

만일 말미암아 온 이와 같은 지취를 비교한다면

어찌 적벽에서의 노래며 퉁소 이로움을 논하리

〈의역〉

시 짓는 즐거움을 뉘가 알리…

詩中歲月與君消	시 읊고 시 짓는 세월로 벗들과 함께하니
花下良辰月下宵	때론 꽃 아래 때론 휘영청 달 뜬 밤도 함께했지
若較由來如許趣	만일 이렇게 지내온 아름다운 취미를 비교한다면
何論赤壁利歌簫	소동파 적벽강 풍류라 한들 비교되지 못하리라

11.

德爲家宅義爲椽
伏在仁山智水前
若道箇中淸義味
光風霽月滿庭邊

〈직역〉

덕을 집으로 삼고 의를 서까래로 삼아
어진산 지혜로운 물 앞에 숨어 있네
만일 이 속에 맑은 의미를 말해 본다면
다사로운 봄날 부른 바람과 비 갠 뒤 뜬 밝은 달빛이
뜰 주변에 가득 참이라네

〈의역〉

어질게 사는 것이 도리인 것을…

德爲家宅義爲椽	덕행을 기둥 삼고 의리를 지붕 삼아
伏在仁山智水前	어진 지혜로 초야에 숨어 지내네
若道箇中淸義味	만일 이 생활의 맑은 의미를 말해 본다면
光風霽月滿庭邊	봄날 온화한 바람과 비 갠 뒤 밝은 달빛이라네

12.

至盡風霜釼戟場
今來將擧太平觴
陋巷簞瓢猶不改
安貧正是保身方

〈직역〉

전쟁터의 갖은 고생 다 끝나는 데 이르렀으니
이제야 장차 태평의 술잔을 들리라
후미진 마을에서 보잘것없는 음식을 오히려 고치지 않으니
가난을 편안히 여김이 바로 몸을 보호하는 방법이라네

〈의역〉

가난으로 벗을 삼고…

至盡風霜釼戟場	전쟁터의 갖은 고생 다 끝나는데 이르렀으니
今來將擧太平觴	이제사 태평의 술잔을 들어 올리리라
陋巷簞瓢猶不改	가난한 마을에서 보잘것없는 음식이지만
安貧正是保身方	가난을 편안히 여김이 몸 보호하는 방법이라네

13.

觀於變梨著於形

憎爾欺心鬢髮戾

畏老人生還自老

一身計在是安寧

〈직역〉

섭리를 살펴봄에 형상이 드러나리

너의 마음을 속이면서 귀번에 머리 기욺을 미워한다

늙기를 두려워하는 인생 도로 절로 늙으니

한 몸의 계책 편안함에 있구나

〈의역〉

자연도 나의 벗…

觀於變梨著於形	자연의 섭리를 관찰하다 보면 형상이 드러나고
憎爾欺心鬢髮戾	그대 마음 속이면서 한편에 귀 기욺을 미워한다
畏老人生還自老	늙기를 두려워하는 사람들이여 인생은 절로 늙나니
一身計在是安寧	이 한 몸의 계획이란 것은 마음 편안함에 있다네

14.

志趣相齊百遍過

以文會友以詩我

欲識箇中乘興處

月滿高臺雪滿坡

〈직역〉

지취를 서로 정제히 하여 백번이나 지나니

글로써 벗을 모으고 시로써 읊조리네

이 속에 흥을 따는 곳을 알고자 한다면

달빛 높은 누대에 가득하고 눈이 언덕에 가득 찬 곳이리

〈의역〉

달빛 아래 시흥에 젖어서…

志趣相齊百遍過	마음 통하는 시와 글을 짓고 토론하다 보니
以文會友以詩我	글을 읽고 토론하며 시 지어 읊조리네.
欲識箇中乘興處	이 감흥 일어나는 곳을 알고자 한다면
月滿高臺雪滿坡	달빛은 정자에 휘영청, 눈은 언덕에 하얀 이곳이리

15.

閒處於焉歲忽過

幾番淸醉幾番哦

山月水風藏不盡

吾君所樂學東坡

〈직역〉

한가한 곳에 어언 세월이 갑자기 지나가니

몇 번이나 맑게 취했으며 몇 번이나 읊조렸는가

산에 뜬 달과 물에 부는 바람 감춰 다하지 않으니

나와 그대 즐거워하는 바 동파를 배우리

〈의역〉

벗과 함께 풍류를…

閒處於焉歲忽過	한가한 중 언뜻 지나는 세월 속에
幾番淸醉幾番哦	얼마나 청아함에 취하고 읊조림에 취했던가
山月水風藏不盡	산에는 숨었다 뜬 달, 물에는 멈췄다 부는 바람
吾君所樂學東坡	그대와 즐거워하면서 소동파 풍류를 배웠었지

16.

臨時經濟心舟通

胸海茫茫宇宙洪

當世有誰云木柝

願醒盲瞽諷啞聾

〈직역〉

임시 경세제민을 마음 배로 통하니

훌륭 바다가 망망하여 우주처럼 넓다네

세상을 당하여 누가 있어 목탁이라 이를 것인가

원컨대 장님을 깨우고 벙어리 귀머거리를 깨우리

〈의역〉

평화로운 세상을 기원하며…

臨時經濟心舟通 세상이 잘 다스려질 마음의 배가 뜨니

胸海茫茫宇宙洪 가슴의 바다 아득히 넓어 우주처럼 넓다네

當世有誰云木柝 세상을 경영하는 이라면 누구를 깨울 것인가?

願醒盲瞽諷啞聾 원컨대 세상모르는 사람들을 깨워주소서

17.

客笻穿雪訪山廬
經略中藏達觀書
此去靑陽三百里
奈其歲薄日殘餘

〈직역〉

길손 지팡이 눈을 뚫고 산 집을 방문하니
경세 책략 맘 속에 갊무고 책을 보는데 통달했네
이 청양과 거리가 삼백 리니
그 해가 적고 날이 쇠잔한 나머지를 어이할꼬

〈의역〉

	젊은 한 때 청운의 꿈을 꾸었지…
客笻穿雪訪山廬	나그네 지팡이 눈을 헤치고 산 집을 방문하니
經略中藏達觀書	주인은 경세 책략으로 통달했구료
此去靑陽三百里	여기서 청양(궁궐)은 거리가 삼백 리
奈其歲薄日殘餘	아… 아… 언제쯤 등용될지… 노인의 쇠잔함이여

18.

〈직역〉

他鄕偶吟	타향에서 우연히 읊조림
他鄕千里故人多	타향 천 리에 옛사람이 많으니
逆旅乾坤是我家	역려인 건곤이 나의 집이로세
客懷風散三秋葉	길손의 회포는 바람에 흩어지는 삼추의 잎이요
世事春廻二月花	세상의 일은 봄이 돌아옴에 이월의 꽃 같음이라네
靑山有面知吾否	푸른 산에 낯이 있으니 나를 알겠지?
綠水無情逝者何	푸른 물 무정하게 가는 것을 어찌할꼬
分手難分攜手立	손을 나누려 해도 나누기 어려워 손을 끌어 서서(이별하려 해도 할 수 없어서)
却忘歸路夕陽斜	문득 돌아갈 길에 석양이 비낀 줄 잊었네

〈의역〉

他鄕偶吟	타향살이 서러움
他鄕千里故人多	천리 타향에서 죽은 사람 한둘이 아니기에
逆旅乾坤是我家	나 역시 하늘땅으로 집을 삼았다네.
客懷風散三秋葉	나그네의 향수는 바람에 흩어지는 늦가을 단풍
世事春廻二月花	세상사야 봄에 피는 꽃처럼 피었다 지는 것
靑山有面知吾否	변함없는 푸른 산이야 나를 알겠지만
綠水無情逝者何	무정하게 흐르는 물 내가 어찌할꼬
分手難分攜手立	헤어지기 어려워 손잡고 섰다가
却忘歸路夕陽斜	언뜻 돌아가는 길 황혼 녘이네

19.

〈직역〉

伽倻十景	가야십경
御谷瑞雲	어곡의 상서러운 구름
北望御谷降仙靈	북쪽으로 어곡을 바라보니 선령이 하강하여
億萬年猶王氣淸	억만 년토록 오히려 왕기가 맑게 서렸네
悠久昇平知在此	유구한 승평이 이에 있음을 알겠으니
盡聾天下是非聲	천하의 시비 소리에 다 귀먹은 듯 들리지 않누나

〈의역〉

伽倻十景	가야산 아름다운 열 곳의 경치(10수를 지음)
御谷瑞雲	상서러운 구름 머무는 골짜기
北望御谷降仙靈	북쪽의 골짜기 신선이 하강한 듯
億萬年猶王氣淸	억만 년토록 왕의 기운이 맑게 드리웠네.
悠久昇平知在此	유구한 태평 성세가 이에 있음을 알겠으니
盡聾天下是非聲	세상의 시비 소리에 귀먹은 듯 들리지 않는 곳이네

20.

龍沼遊魚

龍去魚遊一曲灣

臨看識得理由關

吾生心學宜如許

活動天機自做閒

〈직역〉

용소에서 노리는 고기

용이 떠나고 고기가 노리는 한물굽이

다다라 몸에 이유의 관계를 알겠네

나의 삶에 마음 학문을 마땅히 이와 같이 할 것이니

활동하는 천기가 절로 한가로움을 짓네

〈의역〉

龍沼遊魚	용이 하늘에 올랐다는 웅덩이에 노는 물고기를 보고…
龍去魚遊一曲灣	용이 하늘로 떠나고 고기가 노니는 물굽이
臨看識得理由關	다가서 바라보니 그 까닭을 깨달았네
吾生心學宜如許	나의 삶에 마음 학문 마땅히 이같이 승천하리니
活動天機自做閒	소용돌이 치는 웅덩이에서 마음 절로 한가하네

21.

富貴淸嵐

截彼巖巖富貴峰

蔚葱佳氣爲誰容

矚處春輾秋飾態

惱人助力幾重重

〈직역〉

부귀봉의 맑은 남기

깎아 지른듯한 저 험준한 부귀봉이여

울창하고 짙푸른 아름다운 기운 누구를 용납할꼬

보는 곳마다 봄이 굴리고 가을이 꾸미는 모양이여

사람들의 힘써 도움을 고민하면서 몇 번이나 거듭하고 거듭했을고

	〈의역〉
富貴淸嵐	부귀의 봉우리 하늘거리는 아지랑이
截彼巖巖富貴峰	깎아지른 듯한 저 높고 험준한 봉우리여
蔚葱佳氣爲誰容	울창하고 짙푸른 아름다운 기운 누구를 포용할꼬
矚處春輾秋飾態	보는 곳마다 꽃이 핀 듯 단풍이 물든 듯
惱人助力幾重重	번뇌하는 사람들 위해 몇 번이나 둘렀을까

22.

甘吐落照

甘吐峰前多美林

堪憐遊子忘歸心

古人雖曰牛山景

却笑齊公恨淚深

〈직역〉

감토봉의 낙조

감토봉 앞에 아름다운 숲이 많으니

견디어 노는 이 돌아가려는 마음 잊음을 가련히 여기네

옛사람들 비록 우산의 경치를 말들 하지만

문득 제공의 한의 눈물 깊음을 웃노라

〈의역〉

甘吐落照	달콤함을 토해 낸다는 감토봉의 저녁 경치
甘吐峰前多美林	감토봉 앞에 펼쳐진 아름다운 숲 풀이여
堪憐遊子忘歸心	유람객들 돌아가려는 마음까지 빼앗는 곳이라네
古人雖曰牛山景	옛사람들 비록 (중국) 우산의 아름다움을 말들 하지만
却笑齊公恨淚深	문득 제경공(齊景公) 한(恨)의 눈물 깊음을 웃는 듯하네

23.

花峰明月

花峰明月一欄斜

斜影懸光半展沙

沙場遠客若過此

此奈鄉愁鵑月花

〈직역〉

화봉의 밝은 달

화봉의 밝은 달이 한 난간에 비꼈으니

비낀 그림자 달린 빛이 반이나 모래에 펼쳐 있네

모래 마당에 먼 길손이 만일 이곳을 지난다면

이에 고향 근심 자아내는 두견새 우는 달 뜬 화봉을 어이할꼬

〈의역〉

花峰明月	꽃송이처럼 어여쁜 봉우리에 뜬 밝은 달이여
花峰明月一欄斜	화봉의 밝은 달이 처마에 비쳐 들고
斜影懸光半展沙	나머지 달빛 모래사장에 펼쳐 있을 적에
沙場遠客若過此	이 모래사장 길손이 멀리서 이곳을 지난다면
此奈鄉愁鵑月花	향수에 젖은 날 두견새 우는 달 뜬 화봉을 어이할꼬

24.

玉女淸風

玉女精神世慮微

深年晦跡晝關微

不知何處琴歌送

時有淸風往往歸

〈직역〉

옥녀의 맑은 바람

옥녀 정신 세상 근심이 적으니

깊은 해 자취를 숨겨 낮에도 사립문을 닫아놨네

알지 못해라 어느 곳에서 거문고 노랫소리를 보내는고

때로 맑은 바람이 이따금 돌아가누나

	〈의역〉
玉女淸風	옥녀봉의 맑은 바람이여
玉女精神世慮微	달에 머무는 옥녀 마음 세상 걱정 않나니
深年晦跡晝關微	한 해 자취 숨기려 낮에도 사립문을 닫아 놨네
不知何處琴歌送	아 모르레라 어느 곳에서 거문고 노랫소리 보내는가
時有淸風往往歸	아 모르레라 어느 곳에서 거문고 노랫소리 보내는가
	때로 부는 맑은 바람 돌아가는 곳이(옥녀집)겠지

25.

芝士採歌

窩屋石門一境開

泉流瀌瀌白雲回

招隱曲終人不見

聞歌始覺採芝來

〈직역〉

지사의 약초 캐는 노래

움집 돌문 한 경계가 열렸으니

샘물 흐름은 졸졸졸 흰 구름을 감도네

은자를 부름에 굽게 이어져 사람을 보지 못하는데

노랫소리 들림에 비로소 지초 캐러 옴을 깨달았네

〈의역〉

芝士採歌	향초 먹고 사는 은자는 약초 캐며 노래 부르네
窩屋石門一境開	움집 돌문이 세속과 신선의 세계를 나누었으니
泉流瀌瀌白雲回	샘물 졸졸 소리에 흰 구름은 감도네
招隱曲終人不見	은자를 불러 봐도 구불구불한 길 사람은 안 보이고
聞歌始覺採芝來	노랫소리에 비로소 (은자)불노초 캐는 줄을 알겠네

26.

春橋草笛

短橋芳草興悠然

野老山人過小川

欲識箇中羲皞界

數聲草笛夕陽天

〈직역〉

봄다리에서 나뭇꾼의 피리 소리

짧은 다리 향기로운 풀에 흥이 유연하니

들 늙은이 산 사람들 작은 내를 지나가네

이 가운데 복희 시절 잠적하는 경계를 알고자 한다면

노을 진 하늘에 나뭇꾼의 피리 두어 소리를 들어봐라

〈의역〉

春橋草笛	봄날 다리 건너는 나뭇꾼의 피리 소리를 들어 보게나
短橋芳草興悠然	짧은 흙다리에 향기로운 풀에 춘흥이 유연하니
野老山人過小川	들에 사는 노인 산에 사는 노인 작은 시내 건너가네
欲識箇中羲皞界	이 두 노인 모습에 중국 고대 태평 시절 생각나거든
數聲草笛夕陽天	노을 진 황혼 녘 나뭇꾼의 피리 소리를 들어 보게나

27.

南浦歸帆

歸帆冉冉向南天

幾閱青山幾度川

朝暮野夫商女伴

也應錯認送頻年

〈직역〉

남포에 돌아오는 돛단배

돌아오는 돛단배 늘어져 남천을 향하는데

몇 번이나 청산을 지나며 몇 번이나 냇물을 지났을꼬

아침저녁으로 들 사내와 장사 여인이 짝하니

또한 응당 전송을 자주하는 해인가 그릇 인식하리

〈의역〉

南浦歸帆	남쪽 포구로 돌아오는 돛단배 풍경이여
歸帆冉冉向南天	돌아오는 돛단배 흔들흔들 남쪽 하늘 향하면서
幾閱青山幾度川	몇 번이나 청산을 지나며 몇 번이나 냇물을 지났을꼬
朝暮野夫商女伴	아침저녁으로 들리는 포구마다 때론 사내 때론 여인을 태우니
也應錯認送頻年	아마도 전송을 자주 하는 한 해인가, 오해할 듯싶어라

28.

平沙落雁

十里明沙傍石灘

舍蘆飛下世機看

不勝淸怨魯何歲

瑤瑟湘江夜月寒

〈직역〉

평평한 모래에 내려앉는 기러기

십 리나 되는 맑은 모래 돌 여울 곁에 하니

갈대에 집하여 날아 내림에 세상 기틀을 본다

맑은 원망을 이기지 못하니 일찍이 어떤 세월인가

소상강에서 옥 거문고 타는데 밤 달이 차구나

〈의역〉

平沙落雁 반반한 모래사장에 내려앉는 기러기 풍경 보소

十里明沙傍石灘 십 리나 되는 하얀 모래사장 자갈 여울 곁에 흐르고

舍蘆飛下世機看 (기러기는) 갈대숲을 집으로 삼아 나르고 내리면서 세상인심 엿보네

不勝淸怨魯何歲 맑은 원망을 이기지 못하니 공자 시절 어떤 세월인가

瑤瑟湘江夜月寒 소상강 위에서 옥 거문고 타는 밤 달마저 쓸쓸하구나

29.

〈직역〉

春眠	봄 졸음
飢腸被酒困朝暾	주린 창자에 술을 먹음에 아침 햇살에 곤하니
眼著溪山摠沒痕	계산을 쳐다 보니 모두 흔적이 사라지네
細雨斜陽芳草氣	가랑비 내리는 석양에 향기로운 풀 기운이고
輕煙薄霧落花魂	가벼운 연기 엷은 안개에 꽃 떨어지는 혼이라
傾忘仔細看來字	자세히 글자 보와 옴을 갑자기 잊고
領略尋常過去言	보통은 과거의 말을 거느려 생략하네
攪起門庭還寂寂	어지럽게 일어남에 문정이 도로 적적한데
黃鸝叫罷綠槐昏	누런 꾀꼬리 부르짖어 울음을 파함에 푸른 회나무가 어두워지네

〈의역〉

春眠	봄날에 졸음 겨워하노라…
飢腸被酒困朝暾	빈속에 술 마시니 아침 햇살이 더욱 곤해라
眼著溪山摠沒痕	잠 오는 취한 눈에 산과 들도 그 모습 감추었네
細雨斜陽芳草氣	가랑비 내리는 석양에 향기로운 풀이 자라고
輕煙薄霧落花魂	아지랑이 노을에 봄꽃이 떨어지네
傾忘仔細看來字	자세히 온다는(來) 글자를 뜻조차 잊고
領略尋常過去言	보통은 과거의 말로 생략한다네
攪起門庭還寂寂	담소 뒤 뜰 안은 다시 적적한데
黃鸝叫罷綠槐昏	꾀꼬리 울음 그치자 회나무 녹음지네

30.

〈직역〉

碧桐詩謹次高山鰲岑具巖窩

晩栽梧樹日培之	늦게사 오동나무를 심어 날마다 북돋워 주어
十載經營以待時	십 년을 경영하여 때를 기다렸다네
琴藏栗里宦情少	거문고는 율리에 간직하니 벼슬할 마음 적고
詩得龍門風韻奇	시는 용문을 얻어 풍도와 운치가 기특하네
懷中明月時有照	회포 속에 밝은 달이 때로 비추니
天下新秋我最知	천하에 새로운 가을을 내가 가장 아네
子葉承承孫又繼	자식 잎이 잇고 이으며 손자가 또한 이으니
何嫌他日鳳來遲	어찌 다른 날 봉황새 옴이 더딤을 혐의하랴

〈의역〉

碧桐詩謹次高山鰲岑具巖窩

晩栽梧樹日培之	늦게 심은 오동나무 날마다 북돋워 주어
十載經營以待時	십 년을 보살피며 때를 기다렸다네.
琴藏栗里宦情少	거문고는 율리(도연명 고향)에서 즐기니 벼슬할 미련 없고
詩得龍門風韻奇	시는 용문(한 계단) 오르니 풍류와 운치가 있네
懷中明月時有照	마음속에 밝은 달이 때로 비추니
天下新秋我最知	천하에 새로운 가을 운치 내 아니면 누가 알까
子葉承承孫又繼	넓은 오동잎이 이어 피고 가지마저 자라는데
何嫌他日鳳來遲	어찌 어느 날 봉황새 오는 것을 믿지 못하랴

31.

賀先春木

向陽春木首爲高

若譬遊談爾四豪

借問仙源何處在

看來猶勝武陵桃

〈직역〉

봄을 먼저 맞는 나무를 하례하며

볕을 향하는 봄 나무 으뜸으로 높음이 됨이

노닐며 청담함에 상산의 사호에 비교함과 같다

빌려 묻노니 선원이 어느 곳에 있느냐

보노라니 오히려 무릉도원보다는 나은 것을

	〈의역〉
賀先春木	봄에 먼저 꽃 피는 나무를 축복하면서
向陽春木首爲高	따스한 볕을 향하는 봄 나무 으뜸 됨이
若譬遊談爾四豪	청아함이 상산의 사호(은자, 신선)에 비교함과 같다
借問仙源何處在	여보시오! 신선은 어느 곳에 머무는지요?
看來猶勝武陵桃	이곳이 아마도 무릉도원보다는 나은 것을…

32.

博局

心兵意馬擧如手

用計時時殺士桃

執事某人無恒益

投江當日有賢陶

〈직역〉

장기판

마음 병사 뜻 말이라 들기가 털처럼 가벼우니

꾀를 써서 때때로 병사 복송를 죽이네

얼을 잡은 아무개 사람 놀상의 이익이 없으니

강에 던져버린 당일에 현도가 있느니

〈의역〉

博局	일은 하지 아니하고 장기판에 시간을 보내는 이를 위해…
心兵意馬擧如手	마음은 병졸, 의지는 말이라 들기 가볍고
用計時時殺士桃	꾀를 써서 때때로 병졸이 무사를 물리치네
執事某人無恒益	일을 잡은 아무개 항상(장기 두다) 이익이 없고
投江當日有賢陶	(장기판)강에 던져버린 당일에야 현도(도리)가 있으리라

33.

〈직역〉

碧梧韻	푸른 오동에 대한 운
碧梧手植灌培之	푸른 오동나무 손주 심어 물 대고 북돋우니
唯待亭亭老大之	오직 우뚝 솟아 늙고 클 때를 기다린다.
飽風飽雪爲質固	눈바람을 배부르게 맞아 바탕이 단단해져
宜琴宜瑟協音奇	금슬 악기 만드는데 알맞아 협음이 기특하네
淸秋七夕寒聲報	맑은 가을 칠석 찬 소리 기별하니
霽月三更別價知	갠 하늘 뜬 달 깊은 밤에 별다른 가치를 아노라
子葉孫枝春不盡	아들 잎 손자 가지가 봄에 다하지 않으니
鳳鳴他日瑞輝遲	봉황새 우는 다른 날에 상서로운 빛이 더디랴

〈의역〉

碧梧韻	푸르른 오동나무에 대한 운치
碧梧手植灌培之	푸른 오동나무 손으로 심고 물 대고 북돋우니
唯待亭亭老大之	오직 우뚝 솟아 아름 들이 크기를 기다린다.
飽風飽雪爲質固	눈바람 실컷 맞아 나뭇결이 단단해지면
宜琴宜瑟協音奇	금슬 악기 만드는데 알맞아 소리가 빼어나지
淸秋七夕寒聲報	맑은 가을 칠월칠석 계절에, 찬 바람 일어나니
霽月三更別價知	갠 하늘 달 깊은 밤 특별한 운치의 멋을 알겠네
子葉孫枝春不盡	이어 자라는 잎에 가지마저 무성하니
鳳鳴他日瑞輝遲	봉황새 우는 날 상서러운 빛이 더디랴

34.

〈직역〉

又	또 한 수
碧梧一樹任栽之	푸른 오동 한 나무 임의로 심었는데
涵養仁天雨露時	인자한 하늘이 비 이슬로 함양할 때라
結子生孫應老大	자식을 맺고 손자를 낳으니 응당 노대해지리
分陰變影亦淸奇	그늘을 분리하고 그림자를 변하여 또한 맑고 기특하네
秋期早晩先來報	가을철 이른 아침 늦은 저녁에 매미가 와서 아뢰고
世運文明鳳有至	세상의 운행이 문명하니 봉황새(이름? *한 글자 빠진 듯)가 있을 것이리니
但使雲仍如我愛	단지 자손들로 하여금 나와 같이 사랑하게 하노라
鸞停鵠峙可棲遲	난새가 고니재에 머무르니 가히 깃들여 지낼만하네

〈의역〉

又	오동나무 시를 또 한 수 읊조리다
碧梧一樹任栽之	푸른 오동 한 그루 마음먹고 심었더니
涵養仁天雨露時	인자한 하늘이 비와 이슬로 길러주는구나
結子生孫應老大	오동열고 곁가지 자라니 아름드리 커지리라
分陰變影亦淸奇	그늘 커지고 그림사 바뀌니 운치 또한 청아하네
秋期早晩先來報	가을철 이른 아침 늦은 저녁 매미 울어 댈제
世運文明鳳有至	세상의 다스림이 밝아지면 봉황새도 이르리라
但使雲仍如我愛	오직 후손들도 나처럼 (오동을) 아낀다면
鸞停鵠峙可棲遲	신령스러운 난새 고니언덕에 머무는 것도 더디지 않으리

35.

山庭草草雪氣寒

臘梅欲放歲華殘

莫道人間休戚事

我心安處萬邦安

〈직역〉

산 정자 초조한데 눈기운이 차니

선달 매화가 피고자 하니 철 눈꽃이 쇠잔하네

인간의 아름답고 슬픈 일에 대해서 말하지 말라

나의 마음 편안한 곳에 만방이 편안하나니

〈의역〉

나라를 걱정하며…

山庭草草雪氣寒	산속 초가 뜰에 겨울 기운 차가워도
臘梅欲放歲華殘	섣달 매화 피려는데 내린 눈이 남아 있네
莫道人間休戚事	사람들이여 아름답고 슬픈 일 말하지 말라
我心安處萬邦安	내 마음 편한 것처럼 모든 나라 편안했으면…

36.

一曝工夫反十寒

企望渣滓了無殘

學文只是先求放

誠處能正靜處安

〈직역〉

하룻 햇빛 쬐는 공부가 도리어 열흘 차가우니

어찌 마음의 찌꺼기가 다하여 잔재가 없음을 바라리오

학문함은 단지 먼저 방심을 찾아 들이는 것

성실한 뒤에 능히 밝고 고요한 뒤에 편안해지는 법이지

〈의역〉

형편에 살아야지…

一曝工夫反十寒	겨우 하루 공부에 열흘 쉬어버린다면
企望渣滓了無殘	어찌 마음에 어질기만 바라리오
學文只是先求放	학문이란 오직 흐트러진 마음 집중하는 것
誠處能正靜處安	근면 성실한 뒤에야 안정을 찾는 법이지

37.

	〈직역〉
太白當前眼拭靑	태백이 앞에 당함에 눈에 푸르름을 닦으니
爲君穎膽幾杯停	그대를 위해 간담 잇기에 몇 잔이나 머물렀는가
生來一世推移可	한 세상 살아옴에 추리함이 가하니
皆醉人間豈獨醒	모두 취한 인간들 속에 어떻게 홀로 깰 수 있겠는가
蘭觿芝珮子衿靑	난초 뿔 송곳 지초패물 그대 옷깃이 푸르니
繡肚錦心使我停	수놓은 듯한 배에 바람 같은 마음이 나로 하여금 머물게 하네
西亭明月東樓雪	서쪽 정자에 밝은 달과 동쪽 다락에 눈 덮인 듯
琴酒相逢共醉醒	거문고와 술이 서로 만나 함께 취하다 깨다 하네
滿堂才子摠佳期	집 안에 가득 찬 재주꾼들 모두 아름다운 기일에 모이니
不亦悅乎時習之	또한 기쁘지 않겠는가 때때로 배운 것을 익히니
逍遙巾服好相隨	만일 앞내에 꽃과 버들의 시절에 이룬다면
有誼男兒不負期	소요할 적에 건 쓰고 옷 입은 이들이 좋게들 서로 따르리라.
惟君性癖我知之	마땅함이 있는 남아 기약을 등지지 않는 법
忘夜論心旨且樂	오직 그대의 성격이 괴벽함을 내가 안다네
詩家諸眷共肩隨	밤을 잊고 마음을 논하면서 뜻있고 또한 즐거우니
澗借淸音月借明	시 짓는 모두 권속이 함께 어깨하여 따르네
形形景物嗅詩情	시냇물에 맑은 소리를 빌리고 달에 밝음을 빌려
與鹿同盟猶自適	갖가지 경치 풍물이 시 마음을 자극하네
千岐世路易於橫	사음과 더불어 함께 맹세하는데도 오히려 자적스러우니
	천 갈래 길 세상길이 비낄 데서 바뀌어지네

〈의역〉

초야에 묻혀 노래 부르자…

太白當前眼拭青	태백(달)이 맑게 비치니 씻기 운 눈 맑아 푸르네
爲君潁膽幾杯停	(달) 그대 위해 물가(중국 회수강)에서 몇 잔을 마셨던가?
生來一世推移可	한 세상 생애를 미루어 생각해 보노라면
皆醉人間豈獨醒	모두 취한 세상 사람들 속에 나 홀로 어찌 깨어 괴로워하리
蘭髗芝珮子衿青	난초 뿔 송곳 지초패물에 그대 옷깃 맵시 있게 하고
繡肚錦心使我停	수놓은 듯 아름다운 마음은 나를 머물게 하네
西亭明月東樓雪	서쪽 정자에 밝은 달빛은 동쪽 누각엔 눈이 내린 듯
琴酒相逢共醉醒	거문고와 술로 어우러져 함께 취했다가 일어나네
滿堂才子摠佳期	집안 가득 시문학 재능 가진 이들 약속 잡아 모여들어
不亦悅乎時習之	이 얼마나 기쁘지 않는가 때때로 배운 것을 익힌다는
	것을…
逍遙巾服好相隨	만일 앞 시내 꽃 피고 버들잎 푸른 시절이 온다면
有誼男兒不負期	소요할 적건 쓰고 옷 입은 이들이 아름답게 서로 따르리
惟君性癖我知之	의리 있는 남아들은 약속을 등지지 않는 법이어늘
忘夜論心旨且樂	오직 그대의 성격이 괴벽함을 내가 안다네.
詩家諸眷共肩隨	밤을 잊고 정담 나누는 뜻은 마냥 즐거우니
澗借淸音月借明	시 싓는 벗늘이 함께 모여 어깨 대고 토론하네
形形景物嗅詩情	시냇물 맑은 소리 밝은 달 운치에 싯귀 빌려
與鹿同盟猶自適	갖가지 풍경에 시 짓는 마음을 자극하네
千岐世路易於橫	사슴과 더불어 사는 생활이라 맹세코 후회 없다네
	천 갈래 세상살이 이렇게도 바뀐다네

38.

〈직역〉

與南原李漢龍吟　남원 이한룡과 더불어 읊음

草川之北月坪東　초천의 북쪽 월평의 동쪽

依杖逍遙湖上風　지팡이 의지하고 호수 물 위의 바람을 소요하네

一雨過山松猶碧　한번 비가 산에 지나감에 소나무가 더욱 푸르르고

斜陽倒水石翻紅　비낀 볕이 물에 거꾸로 비치자 돌이 붉음 빛 번득이네

人情大體都歸好　인정이 대체로 모두 좋은 데로 돌아가는데

世事多端各不同　세상일은 단서가 많아 각각 같지 않다네

此際幸逢高士手　이럴 즈음 다행히 고상한 선비 손 씨를 만났으니

萬般物色括囊中　만반의 물색이 마음 주머니 속에 모여 있네

〈의역〉

與南原李漢龍吟　남원 이한룡 벗과 함께 한 수 읊조려 보다

草川之北月坪東　초천의 북쪽 월평의 동쪽에서 벗과 함께…

依杖逍遙湖上風　지팡이 의지하고 호수 위로 부는 바람 따라 산책도 하고

一雨過山松猶碧　비 내린 산에는 소나무가 더욱 청초하고

斜陽倒水石翻紅　지는 해 호수에 비치자 돌마저 붉은빛 번득이네

人情大體都歸好　인심은 그런대로 후한 데로 돌아가는데

世事多端各不同　세상일은 이유가 많아 제각각이라네

此際幸逢高士手　이럴 즈음 다행히 고상한 선비 솜씨를 만났으니

萬般物色括囊中　만반의 경치가 시인 마음속에 들어 있다네

39.

〈직역〉

玉如峰前更向東 옥여봉 앞에서 다시 동쪽으로 향하니
蕭蕭巾破遡江風 소소히 터진 복건으로 강바람을 거슬리네
晩煙近市千重碧 늦은 연기는 저자거리 가까움에 천 겹으로 푸르르네
落照隨晴一縷紅 낙조는 갬을 따라 한 올 아기 실처럼 붉네
山裏農工原有事 산속에 농사일이 원래부터 일리 있으니
天涯去住亦無同 하늘가에 가고 머무름이 또한 같음이 없도다
爲規此席廬綸伴 경계하는 이 자리에 노륜과 짝하니
百無皆從主靜中 온갖 일이 모두 고요함과 주장한 듯 가운데로부터 나온다네

〈의역〉

초천에서 강바람 맞으며 거닐어 보네

玉如峰前更向東 옥여봉 앞에서 다시 동쪽으로 발길 돌리니
蕭蕭巾破遡江風 성글성글 터진 두건 강바람을 걸러내네
晩煙近市千重碧 희미한 노을은 저잣거리 천 겹으로 가리었고
落照隨晴一縷紅 황혼의 붉은 빛은 비단실 올처럼 붉었네
山裏農工原有事 산속에 농사일을 원래 업으로 삼았으니
天涯去住亦無同 하늘가에 사는 삶이 (세상과)같을 수 있겠나
爲規此席廬綸伴 (부귀공명) 끌리지 않으려는 이 삶 속에서
百無皆從主靜中 온갖 고요함이 여기서(산속 삶에서) 나온다네

40.

〈직역〉

草川花煎韻	초천의 화전운
緩到草川近午天	천천히 초천에 이르니 한낮에 가까운 날씨에
招邀今日樂康年	소요하는 오늘이 즐겁고 편안할 해라
最喜仙緣雲影裏	신선이면 구름 그림자 속이 가장 기쁘고
可憐花事兩聲邊	꽃 피는 일 빗소리가 가련하누나
有定春闌還自惜	정함이 있는 봄이 다함에 도로 스스로 애석해 여겨
無巡酒罷正堪眠	돌림 없는 술 마심 다하니 바로 잠들만 하네
休道諸君情未了	그대들 감정이 다하지 않았다고 이르지 말라
更占餘約興悠然	다시 남은 약속에 흥이 유연함을 차지하네

〈의역〉

草川花煎韻	초천에서의 즐거운 화전놀이를 즐기면서
緩到草川近午天	느릿느릿 초천에 갔더니 점심때가 되었네
招邀今日樂康年	바람 쏘이면서 노는 즐거움 오늘이 좋은 것은
最喜仙緣雲影裏	신선이 될 인연이 있을런지 구름 속에서 있고
可憐花事雨聲邊	사랑스러운 꽃 피는 일이야 비 한두 방울이라네
有定春闌還自惜	꽃 피는 봄 시절도 이제는 가고 마는구나
無巡酒罷正堪眠	주거니 받거니 마시다가 잠 들어 하네만
休道諸君情未了	그대들이여 춘흥이 식었다고 말하지 마시게나
更占餘約興悠然	다음 만남 약속에는 운치의 유연함이 넘치리니

41.

	〈직역〉
又	또 한 수
携來樽酒訪前遊	동이 술을 끌고 와 앞전에 놀던 곳 찾으니
萬事浮生暇日休	일 많은 우리네 삶에 한가로운 날이 아름답다네
掃空塵累非難事	세상 티끌 쓸어 버림이야 어려운 일이 아니고
極致眞然未易謀	참된 인연 극도로 이루기가 도모하기 쉽지 않네
客筇幽僻穿林倒	길손이 그윽하고 후미진 곳 병 되이 여겨 숲을 뚫고 이르니
看水微凉透石流	시냇물 미세한 서늘함 일으키며 돌을 뚫고 흐르네
今樂元來由古樂	오늘날의 즐거움이 원래 옛 즐거움으로 말미암으니
此山晩酌謫仙詩	이산에서 늦도록 술 마시며 적선 시(이태백 시)를 읊조리네

	〈의역〉
	즐거움에 흥겨워 다시 한 수 읊조려보네
携來樽酒訪前遊	동이 술을 들고 와 지난번 놀던 곳 찾으니
萬事浮生暇日休	일 많은 우리네 삶인데 오늘은 한가로이 즐기세나
掃空塵累非難事	세상살이 근심걱정 쓸어버리는 것이야 어렵지 않지만
極致眞然未易謀	참된 인연 지극토록 이루기란 쉽지 않다네
客筇幽僻穿林倒	우리들이 깊고 후미진 곳 좋아하여 숲 속에 이르니
看水微凉透石流	시원한 시냇물 돌멩이 뚫고 흘러간다
今樂元來由古樂	우리들의 오늘 즐겁게 노는 유래는 옛적부터 있었으니
此山晩酌謫仙詩	이산에서 늦도록 술 마시며 이태백 시나 읊어 보세나

42.

馬耳山

山以獸形으로 爲名者는 何也오 依其體格之略同而謂者也라 是故로 山之屈曲者有羊腸하고 高擧者有龍首하고 痕跡者有鹿蹄하니 此皆爲物之雖殊나 類而成體者其理同故也라 惟我東邦之越浪古郡에 有一名山하니 凡此厥初에 崑崙一脈이 渡江東來하야 中散爲千派萬麓이 俯仰高低하야 所以變化無窮者는 言而難盡也라 及其千里行龍이 勢若走馬하야 忽然起處에 雙耳特出하야 尖如竹批하고 銳如釵立하야 近看則斬截峻而不可攀躋하고 遙望則磨玉削金而畵出芙容이라 是以로 譬之於馬耳而名之云爾니 略論其景像則層崕絶壁은 蛾眉釵閣之硉屹氣像이오 朝雲暮煙은 陽臺蒼梧之姸媚態度라 其下에 潺潺流水는 依是醴泉之瀉出이오 矗矗諸峰은

殆同金剛之羅列이라 奇巖怪石은 無非隱士之第宅이오 勝奧靈區는 復有碩人之園林이라 陰千層草千蒼에 良辰尤可하고 花三春葉三秋에 矚處惟宜로다. 於是乎文人詩士는 三三五五로 諷詠景物하야 鎭日逍遙하고 琴伴酒朋은 隊隊雙雙으로 醉醒風味하야 有時翺翔이라 然則此樂이 由誰오 樂人之樂歟아 樂山之樂歟아 抑亦此樂之本이 蓋出於馬耳山之壯觀矣의 由是言之則此山之此樂이 不知幾萬年之無疆哉

〈직역〉

마이산

산을 짐승 형상으로 이름을 한 것은 어째서인가. 그 체격의 대략 같은 것을 의지하여 말한 것이다. 이러므로 산에 있어서 굽은 것에는 양 창자 같은 것이 있으며 높이 든 것은 용머리 같은 것이 있고, 흔적은 사슴 발굽 같은 것이 있으니 이 모두가 사물 된 것이 비록 다르나 동류로 형체를 이룬 것은 그 이치가 같기 때문이다.

오직 우리 동방의 월랑 옛 고을에 하나의 명산이 있으니 이것이 그 처음에 곤륜의 한 맥이 강을 건너 동쪽으로 와서 중간에 흩어져 천만 파맥과 기슭이 돼서 높고 낮음을 구부려 보고 우러러보아 변화가 무궁한 까닭을 말로 다 할 수 없다.

천 리까지 행하는 용맥에 미쳐서 형세가 마치 달리는 말처럼 홀연히 일어난 곳에 두 귀가 특출나서 뾰족함이 대나무가 즐비함 같고 날카롭기가 칼이 선 듯하여 가까이서 보면 깎아 놓은 듯 높고 험준하여 부여잡고 오를 수 없고, 멀리서 바라보면 옥을 갈고 금을 깎아 놓아 연꽃 모양을 그려내 놓은 듯함으로, 그것을 말귀에 비유하여 명명하였다 하겠다. 그 경치 형상을 대략 논한다면 층층의 낭떠러지 절벽은 아미산과 검객을 떨어뜨려 솟은 듯한 기상이오, 아침 구름 저녁 연기는 양대와 창오의 아름다운 모양이라. 그 아래에 졸졸 흐르는 물은 양천 쏟아져 나옴을 의자하고 우뚝 솟은 모든 봉우리는 자못 금강산의 나열한 것과 같다. 기이한 바위와 돌은 음사의 집이 아님이 없고 뛰어난 거처와 신령스러운 구역을 다시 석인(石人)의 동산 숲이 있다. 그늘이 천층 풀이 천창에 좋은 때가 더욱 괜찮고 꽃 석 달 봄과 잎 석 달 가을에 보이는 곳에 마땅하도다. 이에 문인과 시 짓는 선비들은 삼삼오오로 경치 사물을 읊조려 날을 다하도록 소요하고, 거금고 타는 짝과 술 마시는 친구는 쌍쌍이 무리 지어 풍미에 취했다 깨어 때로 돌아다님이 있었다. 그런데 이 즐거움은 누구로 말미암았는가. 사람의 즐거움을 즐거워하는 것인가, 산의 즐거움을 즐거워 하는 것인가 아니 또한 이 즐거움의 근본이 대개 마이산의 장관에서 나온 것이니 이로 말미암아 말한다면 이 산의 이 즐거움이 몇만 년토록 다함이 없을 줄 알지 모르겠다.

〈의역〉

마이산

산을 짐승 형상으로 이름을 한 것은 어째서인가. 그 형체가 대략 같은 것을 비교하여 말한 것이다. 이러므로 산이 굽은 것은 양 창자 같은 것이 있으며 높이 솟은 것은 용머리 같은 것이 있고 흔적은 사슴 발굽 같은 것이 있으니 이 모두가 사물 된 것이 비록 다르나 동류로 형체를 이룬 것이 그 이치가 같기 때문이다.

오직 우리 동방의 월랑(진안) 옛 고을에 하나의 명산이 있으니 이것이 그 처음에 곤륜산의 한 맥이 강을 건너 동쪽으로 와서 중간에 흩어져 천만 파맥과 기슭이 돼서 높고 낮음을 구부려 보고 우러러보아 변화가 무궁한 까닭을 말로 다할 수 없다.

천 리까지 행하는 용줄기에 미쳐서 형세가 마치 달리는 말처럼 홀연히 일어난 곳에 두 귀가 특출 나서 뾰족함이 대나무가 즐비함 같고 날카롭기가 칼이 선 듯하여 가까이서 보면 깎아 놓은 듯 높고 험준하여 부여잡고 오를 수 없고 멀리서 바라보면 옥을 갈은 듯 금을 깎아 놓고, 연꽃 모양을 그려 놓은 듯함으로, 그것을 말귀에 비유하여 이름하였다고 하겠다. 그 경치 형상을 대략 논한다면 층층의 낭떠러지 절벽은 아미산과 장검을 떨어뜨려 솟은 듯한 기상이오, 아침 구름 저녁 연기는 양대와 창오의 아름다운 모양이라 그 아래에 졸졸 흐르는 물은 양천이 쏟아져 나오는 것과 같고, 우뚝 솟은 모든 봉우리는 자못 금강산의 나열한 것과 같다. 기이한 바위와 돌은 은자의 집이 아님이 없고, 뛰어난 거처와 신령스러운 구역은 또한, 석인(石人)의 정원과 숲이다. 그늘은 천 층이며, 풀이 자람 역시 천 계단인데, 녹음 시절이 더욱 괜찮고 꽃 석 달 봄과 잎 석 달 가을에 보일 때는 대단하다. 이에 문인과 시 짓는 선비들은 삼삼오오 경치 사물을 읊조려 해가 지도록 소요하고, 거금고 타는 벗과 술 마시는 친구는 쌍쌍이 무리 지어 풍류에 취했다 깨어 여기저기 돌아다닌다. 그런데 이 즐거움은 어디에서 시작되었는가, 사람의 즐거움을 즐거워하는 것인가 산의 즐거움을 즐거워하는 것인가? (이것도) 아니라면 이 즐거움의 근본은 대개 마이산의 (아름다운) 장관에서 나온 것이니, 이런 이유를 들어 말해 본다면 (일반 사람들은) 이 산에서 즐기는 이 즐거움은 몇만 년토록 끝이 없는 줄 알지 모르겠다.

43.

〈직역〉

동지 운(동짓날 운을 가지고 시를 짓다)

時者惟天率者人	때란 하늘만이 하는 것으로 따르는 이는 사람이라
人間冬至自天臻	인간의 동짓달은 하늘로부터 이르네
陽生處處葭灰散	양이 나오는 곳곳마다 갈대 잿가루 흩날리고
祓祭家家豆粥新	재액 떨어내는 제사에 집집마다 팥죽이 새롭구나
從此日行難補夜	이로부터 날이 행하여 밤을 돕기가 어려웁고
如今歲色易爲春	이제에 해의 빛이 봄 되기가 쉽다네
江南多少風流伴	강남의 많은 풍류객들 짝을 지어
賞雪樓中送酒頻	백설을 감상하는 누대 속에 술 보내길 자주하리

〈의역〉

동지 팥죽 먹는 동짓날 동지라는 시제로 시를 지어보네

時者惟天率者人	계절이란 하늘만이 만들 수 있는 것, (계절) 따르는 이는 사람으로
人間冬至自天臻	인간의 동짓달은, 하늘로부터 이르른 것이라네
陽生處處葭灰散	봄이 시작되는 곳마다 갈대 잿가루 흩날리고
祓祭家家豆粥新	재액 떨어내는 제사에 집집마다 새로 끓인 팥죽이네
從此日行難補夜	동지 이후 해는 길어지고 밤은 날마다 짧아지며
如今歲色易爲春	동지 이후부터 햇빛은 따뜻한 봄기운이 감돈다네
江南多少風流伴	따뜻한 강남의 많은 짝을 지은 풍류객들이여
賞雪樓中送酒頻	백설을 감상하는 이 정자에 술이나 자주 보내주시게나

44.

餞春

佇立瞻望萬里天

東君此日送年年

無奈行裝紅雨裏

渺然消息白雲邊

〈직역〉

봄을 보내며

우두커니 서서 만 리의 하늘을 바라보니

동쪽을 다스리는 신이 이날을 보내길 해마다 했네

어쩔 수 없이 행장을 부러운 꽃비 속에 하고

묘연한 소식은 흰 구름 가로부터 오네

〈의역〉

餞春	아쉬운 마음으로 남은 봄을 보내며
佇立瞻望萬里天	우두커니 서서 저 머언 하늘을 바라보니
東君此日送年年	따뜻한 기운 맡은 신(神)이 온화한 해를 해마다 보내네
無奈行裝紅雨裏	봄의 흥취 어쩔 수 없이 꽃구경 행장 빗속에 꾸려
渺然消息白雲邊	아득히 봄소식 흰 구름 가로부터 전해오길 기다리네

45.

畏老文章徒苦咏

昔顔兒女不甘眠

千思難得留春裏

肯作悲歌磄愧戀

〈직역〉

늙기를 두려워하는 문장가는 한갓 괴로이 읊조리는데

얼굴을 아끼는 아이 계집은 단잠 이루지 못하네

천만 번 생각해봐도 봄을 머무르게 함은 어려움 속에

즐거이 슬퍼하는 노래지어 사무치도록 사모하네

〈의역〉

畏老文章徒苦	늙기 서러워하는 시인은 괴로이 읊조리는데
昔顔兒女不甘眠	얼굴 예쁜 여자아이는 단잠 이루지 못하네
千思難得留春裏	천만 번 생각해봐도 봄을 머무르게 할 수는 없는 일
肯作悲歌磄愧戀	서러운 노래지어 사무치도록 (가는 봄을) 사모하네

* 이기형: 한학자로서 문하에 제자들이 많았고 「錦川詩集」을 남겼다.

2.

愚石 李康熙

우석 이강희 한시

우석 이강희 평전

우석(愚石) 이강희(李康熙) 선생의 출생은 전라북도 진안군 정천면 모정리이며, 본관은 전주(全州) 효령대군(孝寧大君)의 18대손이다. 선생의 손녀 정미(廷美)가 출판한 3대 시집에 우석 선생 생애를 살펴보면, 우석의 부친(父親)은 금천(錦川) 이기형(李起亨)으로, 우석은 부친 이기형과 모친 안동 권씨(安東權氏) 사이에서 두 형제 중 둘째로 태어났다. 우석이 5세 때에 모친께서 별세(別世)하신 후로는 조모(祖母)께서 온갖 정성을 다해 두 형제를 키웠으며, 조모께서 별세(別世)한 이후로는 집안의 종손이 두 형제를 보살펴 주었다고 한다. 이러한 가정 형편상 형 강식(康植)이 일찍 결혼하여 가장이 된 이후로는 형수(兄嫂)의 보살핌이 컸다고 한다.

우석의 가정 형편은 중농(中農) 집안으로 경제적으로는 조금 여유가 있었다고 한다. 그러므로 두 형제는 서당 훈장을 하시던 부친으로부터 여느 제자들과 함께 한학을 공부하였다고 한다. 두 형제가 한시에 재능을 보인 것도 부친의 가르침이 바탕이 되었던 것을 알 수 있다. 두 형제는 20세를 전후하여 300여 수의 시를 모아 『정가(精家)』라는 시집을 발간했다고 한다. 그러나 아쉽게도 현재 그 시집은 유실(遺失)되어 찾지 못한다. 형 강식(康植)은 농아(聾啞) 호(號)를 사용하였는데, 그것은 아마도 세상 사람들의 삶에 현혹되지 않겠다는 의지가 아니겠나 생각되는 부분이다. 형 강식은 동생 강희에게 우석(愚石)이란 호(號)를 직접 지어 주었다고 하는데, 세상을 살아가는 데 있어 알아도 모르는 척 보아도 못 본 척, 돌처럼 우직하고 겸손하라는 뜻으로 지어 준 호라고 하며, 우석은 호의 뜻처럼 생활하려는 의지를 보였다고 한다.

우석이 유년 시절부터 부친의 슬하(膝下)에서 한학을 익히다 16세(1912년) 늦은 나이로 4년제 용담 공립보통학교에 입학하였으며, 보통학교 졸업 후 2년제 전주농업학교에 입학하였다. 전주 농업학교를 졸업(1918년)하고 천안 전씨와 결혼하여 십 남매의 자녀를 두었다.

우석의 한시집은 1985년 전주 삼성인쇄사(三省印刷社)에서 양장본으로 66여 쪽에 율시(律詩)와 절구(絶句) 총 306수의 시(詩)와 시조 한 수가 실려 있다. 우석의 시를 일별(一瞥)하면서 가장 먼저 느껴지는 것은 가족에 대한 사랑이 남달리 많은 분이라고 느껴진다. 먼저 세상을 떠난 아내를 그리워하는 시가 여러 수 등장하는데 손녀 정미의 3대 시집『백 년을 걸어온 봉선화』첫 시「가을밤 외로운 창가에서」의 시에서는 "마음 곱던 그대 모습 눈앞에 완연해라 땀내 배인 베개 애틋하게 쓸어안고 손때 묻은 반짇고리 매만지며 하염없이 눈물 쏟는다."라고 피 토하는 심정으로 자신의 감정을 노출 시키고 있다. 그리고「먼저 간 아내를 그리며」에서도 "南天雨歇衆芳齊 남쪽 하늘 비 개어 온갖 꽃들 흐드러지니 (중략) 午睡方酣夢床妻 시상에 잠겼다 가더니 잠인 듯 꿈인 듯 침상 곁 먼저 간 아내의 꿈을 꾸는구나."라고 애틋함을 드러내고 있으며,「옥 같은 매화여」에서는 매화 꽃이 피니 마치 "달빛 비치는 섬돌에 고요(사뿐)히 미인 온 듯하여라 (중략) 한 번 가신 낭군은 어이 소식 없는가?"에서 우석은 매화와 아내를 동격으로 생각하고 있는 시라고 하겠다. 자신의 집 주변에 피어난 매화에 아내를 투영하고 있다. 설한(雪寒)풍 무릅쓰고 곱게 핀 매화를 보니 아내의 그리움이 더욱 절절하게 느껴지는 순간이다. 또한, 자녀들의 행복을 기도하는 아버지의 마음도 엿볼 수 있는데, 「여섯 아들 세 딸」에서는 "斷絃更續宜治育 어린 자식 때문에 다시 아내를 만나 너희들을 양육"했다고 한다. 6남 3녀 9남매를 성장시켜 "今告畢婚無限樂 마지막 자녀를 혼사시키면서 한없이 즐겁다."라는 시구에서는 그동안 아버지로서 책임을 완수했다는 의미의 위안을 삼기도 하지만, "死猶未作不忘魂 죽은들 어이 잊겠니 仰天深謝滿腔恩 하늘 우러러 감사하고 은혜 가득하길."라며 축원하는 아버지로서의 간절한 기도는 죽어 백골이 되어서도 자녀들의 행복을 기원하는 마음을 구구절절(句句節節)이 표현하고 있다.

우석은 「조국」이라는 시에서는 5·16 군사 쿠데타로 군사 정권을 장악한 박정희의 장기집권을 위한 유신헌법에 대한 저항의 시도 남겼는데, 정부와 국민의 화합이 있을 때만 독재도 가능하다고 보았다. 그러나 현재의 독재정권은 천추예(千秋穢)라고 하여, 영원히 오점으로 남을 역사라고 충고하고 있다. 우석은 당시 공무원 신분이어서 정부에 하고 싶은 말은 다하지 못했을 것이다. 하지만 부친께 인의예지(仁義禮智)를 공부한 사람으로써의 공무원 신분으로서 지식인으로 나라를 걱정하는 우국의 정서를 잘 표현하고 있는 시라고 할 것이다.

우석은 노년에 접어들면서 시가 무르익는다고 한 것을 보면 대자연에 묻혀 자연과 함께 사는 즐거움을 누리려고 노력했던 시인이기도 했다. 「변함없는 마음」에서는 시만 짓게 되면 "閑看詩軸消愁夢" 모든 시름 녹는다고 노래하고 있다. 구름처럼 물처럼 걸림 없는 마음으로 세상을 바라보려는 무욕의 시인이기도 했다.

한학자 김재룡

우석 이강희 한시

愚石 李康熙

1. 九月秋夜月懷思故人 가을 달밤에 벗을 그리워하며…

九秋十五夜月明	깊어가는 가을밤 달은 밝은데…
佇立庭前倍切思	뜰 앞에 우두커니 그대 그리움만 가득
相應君亦今宵夢	그대 역시 이 밤에 꾸는 꿈은
追憶完山去日時	완산(전주)에서 헤어지던 날 추억이리.

2. 偶吟 우연히 느낌 따라 읊조려 보네

落花無語隨時落	지는 꽃은 말없이 절로…
飛鳥縱心所欲飛	나는 새는 마음대로
無語縱心皆有得	말 없는 도리 따르는 삶이
得其長短是公非	시비를 멀리 할 수 있는 것…

3. 雪中醉歸 새하얀 눈 속에 취해 돌아가는 길…

酒力遇强體力微	술 양은 느는데 체력은 떨어지고
長風寒雪滿裳衣	눈보라 몰아쳐 옷을 벗기려는 듯
如顚如沛狂人步	앞으로 넘어질 듯 뒤로 자빠질 듯
呼妻款扉勢不違	사립문 열면서 나직히 아내 부른다.

4. 偶吟 오늘도 벗을 그리워하며…

每日相從友誼深	매일 어울리며 우정 다지니
無邪有正思無陰	바른말 나누면서 나쁜 생각 않는다네.
以文修契吾人事	공부로 모인 우리 할 일 도리를 따르는 것
淡淡交情利斷金	담담한 우리들 우정 무쇠를 자르리라.

5. 秋日偶吟 가을날 시상에 잠겨 보네…

樹聲萬壑千重樹	깊은 골짝 나무 흔드는 바람 끝없고
秋氣大墟一律秋	공활한 가을 기운 대지에 가득하네
借問沙鷗曾幾白	모래사장 백구야 너는 어이 희여졌니?
搔頭對鏡伴公頭	거울 보는 이내 머리 반쯤은 네로구나

6. 우 다시 한 수 더 지어 읊조려 보네

賦命由來玉宇家	우리의 운명은 하늘이 준 것으로
身康心靜感無懷	몸 편하고 마음 안정되면 후회 없는 것
千岐世路雖多梗	세상살이 비록 험난하더라도
大地吾生亦有涯	내 삶의 방식대로 한세상 살아야지.

7. 弄吟 장난삼아 한 수 지어 읊어 볼까!

壽則雪而聾又妄	오래 살면 머리 희어지고 귀먹으면 망녕
弄詩弄酒便成狂	시와 술에 빠져들어 미친 사람 되든 말든
芝山與石修君子	지산 벗이여 그댄 바위처럼 군자의 인품으로
風度皎皎一而香	도리는 맑고 밝아 그윽한 인품 향 피어나네.

8. 春日偶感 봄날 감흥 일어나 한 수 지어 읊어 보네…

蝴蝶翩翩誰所招	호랑나비 너울너울 누굴 부르려나
感興天心百花嬌	따뜻한 날씨에 모든 꽃이 피었네
衆芳召我詩魂促	만발한 꽃들은 이내 시심(詩心) 깨워
夜到懷思步月宵	달뜨는 밤을 맞아 시심으로 거니네

9. 吟雨中泥醉歸 술 취해 돌아오는 비 내리는 진창길에서…

醉與粘泥履與泥	걸죽한 술에 취해 질척한 흙 범벅 길에서
幸因車便好還棲	다행히 차편으로 집에 도착하자마자
歸來一息枕頭沒	베갯머리 숨 한번 쉬자마자 잠에 빠져
未覺夜中風雨鷄	비바람 소리인지 닭 울음소리인지 알지 못했네

10. 白頭詩 희어지는 머리털이 서러워 한 수 지어 보네…

老病妻殘已獨離　　늙고 병든 아내 혼자 떠난 지 오래
離何故耶語途遲　　떠난다면 말이라도 하고 떠나지
遲中有速有無遲　　이렇게 빨리 떠날 줄이야…
速在來頭意定時　　빠르단 것은 정해진 시간일 뿐인데

11. 仲秋節思友 추석이면 더욱 그리워지는 벗이여…

淸風拂面我心淸　　맑은 바람 이마 스치면 마음도 맑아
滌盡煩衿酒一場　　번뇌를 잊는 데는 술이 좋은데
秋夕佳辰明月夜　　팔월 보름 이 저녁 밝은 달밤이면
思君不見夢難成　　그대 그리운 마음에 잠 못 이루네.

12. 無人離全 떠난 사람과 완전한 이별이란 너무 서러워…

無語無通君不送　　말 없고 소통 없지만 그대를 보내지 않았네
有心有意獨歸來　　마음 두고 정을 두고 나만 홀로 돌아오는 길
斷腸懷思何時已　　이 끊어지는 애간장 언제나 없어질까
負手庭前伴月徊　　뒷짐 지고 뜰에 서서 저 달만 바라보네.

13. 住所不知未發書信 주소를 몰라! 이 편지를 어쩌나…

住所不知未發書	주소 몰라 이 편지를 어찌하나
兄何如是忽然疎	다정한 형이여 어찌 소식 뜸하신가?
悠悠情緖難堪解	그리운 이 마음 해소 할길 바이없소.
便感一場夢事虛	언뜻 한바탕 꿈인 듯하는구료.

14. 吟隔日之阻 오래도록 소식 없는 벗이여…

如兄若弟好連頭	우리는 형제처럼 머리 맞대고
詩酒相酬歲月流	시를 짓고 읊조리며 함께 지냈지
忘則非情思則苦	잊을 수 없는 사이라서 더욱 보고파
間間不見此中愁	간간이 보건마는 이렇게 그리울까!

15. 訪人不遇 찾아간 벗을 만나지 못했네…

訪人不遇是何事	벗을 찾아갔지만 어이해서 만나지 못하나
事在相違意沈沈	일 때문에 서로 어긋나니 답답한 마음일 뿐
莫道世塵於我敵	사람들이여 나와 벗이 맞선다고 말하지 마소
敵猶無姑情友尋	맞선다면 지금도 우정을 가지고 찾을 것 같나

16. 又 우리가 제갈공명과 유비의 관계도 아니어늘…

君不孔明吾漢祖	그대와 내가 유비와 제갈공명이 아니어늘
逢何相隔是難尋	만남이 왜 이다지도 어렵단 말인가?
平生互識互常事	우리의 알고 지냄이 한평생 그 아니던가.
兩友豈情有爲心	우리 우정 어느 것에 비교할 수 있던가?

17. 偶感强題 감흥에 젖을 땐 한 수 지어보는 거야!

煙景轉晴詩滿軸	꽃피는 좋은 시절 돌아오니 지은 시 쌓이고
金泉雖渴酒生風	금곡의 물이 마를지언정 술이 있는 풍류에
至今榮辱都忘却	지금도 부귀영화 치욕을 모두 잊은
不遇其人樂此中	그런 사람 만나지 못했지만 이처럼 즐거운걸…

18. 恨深思友未必會期 그리운 벗들의 모임 날에 그대 볼렸더니…

我未之君不來	내가 가지 못했더니 친구도 안 왔더군,
心思鬱莫心開	울적한 이 마음 바이 풀길 없더니만
知否獨因傾酒	벗은 아는지 모르는지 술 따르는 이유를…
强吟吾一淚催	괜한 푸념에 눈물만 줄기 지네 그려…

19. 不忘友義 잊지 못할 벗이여 어떻게 지내나?

地分雖曰峽湖間　　사는 곳이 비록 큰 강을 사이에 두었다지만
能徹寸丹亦大閑　　마음이 상통하니 이처럼 여유로울 수가 있나
情意潮流如是激　　우리의 우정 바다 물 조류처럼 출렁거리거늘
激波一夢鎭完山　　우정의 파도에 완산의 이내 그리움 잠재우네

20. 老而回思幼年事 나이 들어 물장구치던 유년 시절 회상에 젖어 보네…

偶然寫出心中思　　우연히 어린 시절 회상해 보니
胎地昔年竹馬時　　어린 시절 죽마고우 생각이 나네
捕蝶取魚娛悅事　　나비 쫓고 물고기 잡던 일로 신이 났었지
而今安在幾人知　　지금은 그 친구들 어디서 무엇을 하는지?

21. 以酒慰老 술로 늙는 이 서러움을 위로할까 보다!

一場春夢人間事　　하룻저녁 한바탕 꿈인 듯한 인생이여
通古今而不差之　　그 옛날부터 별반 차이 없었지
空手去兮君亦我　　빈 손으로 왔다 빈 손으로 가는 우리네 인생
願言莫惜酒筵施　　바람은 아쉬움 없이 벗들에게 주연이나 베풀었으면

22. 思友 서로 엇갈려 만나 보지 못한 그리운 벗이여…

談笑相逢問幾時	우리 만나 담소 나누던 때가 얼마이던가?
時秋風景苦相思	이 가을 풍경에 그대 그리워 고통스럽군.
思君不見緣何事	그리운 벗이여 우린 무슨 인연으로 보지 못하나?
事在相違路故遲	그대 날 찾고 내가 그댈 찾는 날이 어긋져서겠지.

23. 歎未談笑相逢 만나 담소도 나누지 못한 그리운 벗이여…

山隔水長路轉橫	산이 막히고 물로 막혀 가는 길은 굽고
愴然心事不平鳴	서러운 이내 심사 어느 때나 평온할까
身無羽翼錦囊乏	몸에 날개 달아 나를 방법도 없는걸…
何日拂衣肝膽傾	어느 날 마음 열어놓고 담소를 나눌까나?

24. 吟愚石號 나의 호를 바보 같은 돌 우석이라 부른다네!

一生唯有賞花樂	한 평생 대자연을 좋아하다 보니
萬事都無如我愚	세상 일에는 나처럼 어리석은 이가 없으리라
愚遠是非聾世俗	그러나 어리석음은 시비와 세속을 벗어나기에
無言石佛是愚石	말 없는 돌부처 되고 싶어 우석이라 지었다오.

25. 寄文康回甲壽宴華席祝詩 벗 문강의 회갑 자리에 축시 한 수를 지어 보냄.

紅顔白髮更逢春　　회갑 맞은 그대 다시 젊어지는 듯
致賀歌聲遍四隣　　사방의 축하 속에 노랫소리 흥겹군
復有叢蘭香滿室　　화환이며 화분 향기 방 안에 물씬
津津餘慶共君新　　진진한 이 잔치 그대를 젊게 하는구료

26. 시조

梧木坮前煙十里로 修養의 景致삼고
麒麟峰上月千秋를 壽命의 友義깊게
吟風咏月 君의 餘生 다시 한층 새로워라
오목대 앞 십리나 펼쳐진 연무(煙霧)로 수양하는 곳의 울타리 삼고
기린봉 위로 천년을 두고 뜬 달로 장수하는 우정을 도타이 하며
풍경을 노래하며 생활하는 그대의 여생이 다시 더욱 새롭구려.

27. 萍水相逢盡是他鄕 떠도는 인생 만나는 사람 모두가 타향…

一春風景在於堂　　봄날의 아름다운 풍경 초당에 있으나
客子沈吟興不長　　나그네 읊조림도 침울하여 흥이 일지 않네
長時百日緣何事　　기나긴 봄 계절 어떤 인연이기에(우리가)
萍水相逢萍水相　　타향에서 만나 비취 술잔 주고받나…

28. 思情友 다정한 벗을 그리며 시심에 잠겨 보네…

三春如過客	봄날은 과객처럼 빠르게 지나는데
來往政無期	우리의 만남은 언제 일지 기약이 없네
柳色煙中好	버드나무 안개 속에 푸르름을 더하고
山容雨後奇	강산 풍경은 비 온 뒤에 더욱 아름답네.
謝塵心寂寞	부귀영화 멀리하니 마음은 고요하고
得酒意驕痴	술이 있는 날에는 내 마음 교만해지려 하네
吾志有眞樂	이내 몸이 가지고 있는 진정한 즐거움은
任情愚石知	마음에 맡기는 것을, 돌부처님은 아시리…

29. 客來問余近況 벗이 찾아와 내게 근황을 묻네.

客來談水月	벗이 찾아와 청풍명월 이야기하지만
吾己悟盈虛	나는 이미 대자연의 도를 깨달았지
萬事雙蓬鬓	모든 일은 희어진 밑머리로 짝을 하고
孤村一草堂	고요한 시골 초당(외로운 노인에겐)
落花春有酒	지는 꽃 벗 삼는 술이 있다오
細雨夜爲書	이슬비 내리는 밤은 책을 위한 것
窮達都無意	세상 출세에는 마음 두지 않았기에
淡雲任卷舒	(내 마음) 구름에 맡겨 놓고 책을 펼치네

30. 題有朋而合歡于群山勝地

벗들이 군산 경치 좋은 곳에 모여 즐겁게 노는 것을 보고 시를 지어 보네.

屈指待兮此會開	손가락 꼽으며 기다리던 이 모임에
花風吹送一筇來	바람에 실린 향기에 늙은 내가 찾아 왔네
驛頭握手含情淚	(나는)역에서 이별 생각에 눈물 머금는데
對酌憐君帶笑盃	마주 앉은 벗은 한잔 술에 미소 짓네.

31. 又 반가운 벗들과 함께한 자리에서 한 수 더 지어 볼까!

三月花開爲我開	꽃 삼월 나의 시심 활짝 열어 주려고
受催花倍入山來	꽃들이 재촉하여 나를 불러 오라 하네
花何獨占斯間趣	만개한 꽃 독점하고 벗들 모여서
有酒有朋又咏盃	술잔 주거니 받거니 하면서 읊조려 보네

32. 又 즐거운 이 자리 잊을 수 없어 다시 한 수 읊어 보네.

天地惠風好運開	천지에 아름다운 봄 계절 돌아오니
自南自北遠朋來	사방의 먼 곳에서 벗들이 모여드네
難營此會空前樂	어려운 이모임 이 즐거움 또다시 없거늘
止酒寧爲不厭盃	술 떨어지면 어찌 술잔이 싫어하지 않으리.

33. 病中思友 병중에 벗을 그리워하며…

病中尤甚故人思	몸 아프니 더욱 그리운 건 벗들…
寤寐不忘奈可支	오매불망 잊지 못하는 마음 어쩐다지
流淚難禁心自苦	멈추지 않는 이 눈물에 더욱 괴로워
君乎知否夜遲遲	그대는 아는지 모르는지 밤조차 길어라

34. 老來歎無事蹟 아… 아… 한평생 세상에 내보일 것 없네

秋風春雨幾星霜	꽃 피고 단풍 지던 세월 얼마나 지났던가?
嗟我徒添雪鬢裝	아… 아… 귀밑머리 하얀 눈만 쌓여 가네
世路多岐難善步	이끌린 세상살이 어려운 선택에서
行無餘跡感亡羊	지난 생애 돌아보니 어찌할 바 몰랐네.

35. 歎吟乍逢乍別 잠깐 만났다 헤어지는 이 서러움이여…

一點白雲白鷺經	흰 구름과 백로 스쳐 나르니
色分速度不分明	구름과 백로 구분이 안 되네
乍逢乍別交如此	잠깐 만나 헤어짐도 이 같아서
雷電交交幾得淸	번개 스치듯 지나감이 얼마이던가.

36. 別後憶思 헤어지면 그리워…

君臥病床我向驛　　그대는 몸져누웠는데 나는 역으로 가네
欲將懷緖訴蒼穹　　그리운 마음을 푸른 하늘에 호소해 보네
含情未吐凝眸淚　　머금은 마음 쏟아 내어 눈물로 쏟으며
寤寐不念繾綣中　　자나 깨나 그리움에 헤어지기 어려워라

37. 指人弄詩 농부에게 농담을 걸다.

憐子貌形恰似牛　　여보게 자네 일하는 모습이 소인 듯싶네
體强力大敬天尤　　강한 체력과 강한 힘은 하늘이 놀라겠군
愛人耕食功勞積　　이웃을 사랑하며 농사짓는 그 공이 어디 가겠나
追憶神農萬古頭　　그대 모습에서 농사 신(神)이신 신농씨 떠오르네

38. 追憶 옛날을 추억하며…

一幅群山入夢輝　　군산의 풍경이 꿈속에서 펼쳐지니
超然意氣便如飛　　초연한 마음 언뜻 그곳으로 가네
傷心春草連生綠　　어여쁜 봄풀은 매년 다시 자라는데
難忘故人去不歸　　잊지 못할 벗은 이젠 만날 수 없어라

39. 驚蟄日偶感 경칩 일에 무심코 시 한 수 읊조리네.

驚和氣蟄好傳春	온화한 날씨에 개구리 울음에 봄을 전하고
水水山山南象新	산천의 모습은 나날이 새로워라
回憶去年今日事	지난해 놀던 일 오늘 생각해 보니
於詩於酒感多人	읊조리는 술잔에 흥취는 도도했었지

40. 次三聾相別 全州驛 전주역에서 삼롱 벗과 헤어지며…

吾君逢別幾催淚	그대와 헤어지며 몇 번이나 눈물을 뿌렸던가
淚滴轉橫鐵馬程	눈물은 볼을 스쳐 기차에 뿌려대네
攜手慇懃言一託	은근히 손잡고 잘 가란 한마디 하는데
處處隣作百花明	여기저기 이웃 삼은 꽃들이 가득 피었네

41. 阻餘喜逢 壬寅仲春 벗을 오랜만에 만난 기쁨 임인년(1962년) 봄날에…

久陰已歇得其時	오래도록 흐린 날 중 개인 날이 얼마더냐
耿結思惟若夢之	맺힌 그리움 꿈속에 나타나네 그려…
白首笑顏相對酌	흰 머리 웃는 얼굴 마주하고 따는 술에
青春和氣好題詩	따뜻한 봄날 경치가 좋은 시 짓게 하는군.

임인년(1962년 71세)

42. 別後懷思 벗과 헤어진 후 그리움에 잠기다.

新月來相助　　새로 뜬 달 비추니 그리움 자아내어
恨深不見君　　보고 싶은 벗을 볼 수 없는 서러움이여
奉難離別易　　만남은 기약 없고 이별은 너무 쉽더라
回憶幾成群　　(아ㅡ) 만났던 회상에 얼마나 젖었던가.

43. 三聾離全後完山入夢山川忽然變色

삼롱 벗이 전주를 완전히 떠난 후 꿈속에 산천이 홀연히 변색되어 슬퍼했네.

豊沛之神送以淚　　태조(이성계) 신이 눈물로 그대를 보내는 것인지
君何忍棄向群程　　그대는 어찌 나를 곁에 두고 서울로 가시는가?
歸來夢見完山景　　그대를 보내고 돌아온 꿈자리 완산의 풍경은
山不紫而水不明　　어둡고 침침하여 나를 슬프게 하는구료…

44. 求交益深 벗과 우정이 더욱 깊어지는데…

拙詩三首汗顔題　　시 세 수에 진땀 빼는 것은
優劣處無山與齊　　우열을 가릴 수 없어서라네
離合人間當有事　　이합집산(離合集散)은 세상일
願言莫惜以丹鷄　　월나라 고사쯤이야 아까워 말고 마세나.

45. 殘春一促 가는 봄을 재촉하네…

東君趣賀落花風	봄의 신 꽃바람 부러지는 꽃 아쉬워함은
豪士佳人悽淚同	시인 묵객 가는 봄 안타까워하는 마음과 같네
未了春風今已暮	아름답던 꽃바람도 서서히 저물고 있으니
林間秉燭問殘紅	지는 꽃 달밤에 촛불 켜고 남은 봄을 즐기세.

46. 가는 봄이 아쉬워 한 수 더 지었다오…

一時不見我心苦	잠시 못 보는 벗인데 내 마음 괴로워
逢別恰如渴飮泉	잠시 만남이 흡사 갈증에 물과 같아
詩酒歡娛消世慮	시와 술로 세상 근심 잊어 보세나
願人居處絶囂塵	우리 사는 곳 세상과 다른 곳 아니겠나.

47. 元宵孤吟 정월 대보름날 외로움에 젖어서…

萬物應時無不佳	때에 따르는 반눌은 아름답기 그지없고
獨吟獨酌是生涯	시와 술로 함께한 세월이 내 인생이네
淸宵步月緣何事	맑은 달밤 산책은 어느 인연이 있어서일까?
遙望家山倍思懷	멀리 고향 바라보니 그리움이 배가 되네

48. 月夜思友 달밤이면 더욱 그리운 벗이여…

山寂月明夜轉深　고요한 산 밝은 달밤 깊어가고
算來世事感浮沈　세상살이 운명은 부침이 있는 법
相思百里夢中夢　그리운 벗 멀리 있어 꿈에나 보고
自詠孤燈心外心　읊조리는 등불 아래 마음은 벗에게…

49. 久阻之餘迎錦衣還鄉之友 오랜 끝에 금의환향하는 벗을 맞이하며…

於焉一別十餘年　언뜻 헤어진 지 십 년 만에
耿耿懷思幾不眠　가슴 뛰는 그리움에 잠 못 들었네
幸賴還留衣錦看　다행히도 금의환향한 벗을 만나니
愁囊除却白雲邊　그간 상심 구름 곁으로 던졌다네.

50. 又 반가운 벗과 함께 다시 한 수…

久阻之餘一席開　오래 헤어져 있던 끝에 마주 앉아
吐情談笑勝千盃　쌓인정 담소는 주고받는 술잔 좋구나
慇懃寄語扶笻意　은근히 지팡이 짚고 하는 말은
不負心交數數來　마음으로 사귄 우정 자주 만나세나.

51. 春日晩尋山寺吟 봄날 황혼 녘 산사를 찾아서…

水滿池塘花滿山	물은 연못에 찰랑대고 꽃은 산에서 활짝 웃네
千紅萬綠好相間	산이란 산은 붉고 온 들은 푸르러 보기 좋아라
許多煙景難收盡	이 아름다운 풍경을 한눈에 담기 어렵구나
問寺慇懃後約還	은근히 명년에 오겠단 기약하고 돌아왔다네.

52. 旱害所感戊申盛夏 1968년 한여름 가뭄 피해에 대한 소감

雲漢昭回天不雨	구름 없는 날씨라서 비 내릴 리 없고
田家望望惜乾愁	농가들 애타는 것은 가뭄이라네
適宜代播雖爲可	시기 지난 대체 작물 있다손 하나
掘鑿水源第一流	지하수라도 굴착하여 물이 흘러야 말이지

(72세 별세 1년 전)

53. 迎新詩 1965년 새해를 맞이하며 한 수 짓다

新衣新酒換新年	설빔과 새 술로 새해를 맞이하니
瑞氣燦然意泰然	상서럽고 찬연한 기운 펼쳐지네
無臭無聲天地助	냄새도 없고 소리도 없는 천지의 조화여
笑吾剩得萬能權	우리를 웃음 짓게 하는 만능 권한이어라

(을사원조 1965년 새해 아침 69세)

54. 望七所感 칠십을 바라보며 한 수 지어 보네…

朋友問我有望七　　벗이 내 나이 묻기에 칠십이 곧
腰帶金樽忽叩門　　허리춤에 술병 차고 문을 두드리네
稀有斯遙難可別　　멀리서 맞이한 벗 헤어지기 어려워
盡宵談笑作春溫　　밤새우며 나누는 담소에 봄기운 서리네

(1964년 甲辰十月二十五日 68세)

55. 乍逢乍別 언뜻 만나 홀연히 헤어지네…

邂逅一筵勝十書　　벗과 해후는 책 읽는 즐거움보다 좋아
多情細話夕陽疎　　다정스러운 정담에 황혼이 물들어
別何催也逢何晩　　헤어짐을 이다지도 재촉하는지 우리 만남 그 언제
南北相分遠隔居　　남북으로 나뉘어 서로 멀리 산다네.

56. 偶感 흐르는 세월 속에 나를 돌아보며…

春風秋雨幾春秋　　꽃바람 가을비 속에 흐르는 세월
虛送七旬一夢流　　부질없이 보낸 한평생 꿈인 듯하네
疊疊愁城何以破　　첩첩이 쌓인 수심을 어찌한단 말인가?
無明無酒舌添頭　　밝히지도 못하고 술도 없는 혀끝 푸념이네

57. 惜春所感 **아까운 봄이 가네…**

東君莫唱驢駒曲	봄이여 나귀(나귀 타고 떠나는)곡은 부르지 마시게
慣別元無淚送盃	익숙한 이별은 원래 없는 것 눈물의 잔을 권하네
料得自然循環理	(봄이란) 헤아려 보면 자연스러운 순환의 섭리인 것을…
强吟一▩後期來	억지로 읊조리는 시집에 명년에 다시 올 약속하게나.

58. 偶吟 **70을 맞이하며 감상에 젖어 보네…**

我生七十有餘年	내 생애 70여 년을 지내고 보니
秋雨春風幾得眠	춘하추동 세월을 얼마나 보냈던가
所欲多魔無事蹟	품은 뜻에 장애 많아 이룬 업적 없구료
虛將一笑樂夫天	너털웃음 지으며 주어진 운명 즐길 뿐

59. 書燈 **등잔불에 책 읽는 즐거움이여…**

一點吾師夜夜明	밤마다 깜박이는 등잔불로 스승 삼아
昏衢秉坐誨諸生	어두운 거리 등불 밝히며 후학을 지도하네
何事古人拾螢火	어이하여 옛사람 중 반딧불 모아서
家貧好讀惜陳平	가난 속에 배우길 좋아했던 진평을 부러워할까

60. 惜老 늙는 서러움을 그 뉘라서 알리…

荏苒光陰如水流　　그 뉘가 흐르는 세월 물과 같다 했나
晚來始覺此生浮　　나이 들어 비로소 삶의 의미 깨달았네
人間別有長春計　　사람들 특별히 오래 살 계획 세우지만
願使餘年酒院遊　　바람은 욕심 놓은 여생으로 소일함이네.

61. 釣魚 세월을 낚았다는 강태공의 낚시 나도 한번 즐겨 볼까!

簞食漁竿逐水流　　밥 싸 들고 낚시대 강물에 던져 놓고
盡日忘機伴白鷗　　온종일 세속 욕망 잊고 갈매기로 벗 삼네
歸筇顚倒行力憊　　지팡이 의지하고 돌아오는 길 피곤해지면
野店三盃解渴愁　　들녘 주막 석잔 술로 갈증도 풀어본다네

62. 尋春 봄꽃을 찾아서 시 한 수를…

尋芳筇屐逐溪流　　꽃 찾아 지팡이 나막신에 시내 따라 들어가니
漸入山深路轉幽　　점점 산이 깊어지고 길은 더 어둑해지네
童子春花花莫折　　동자들아 봄꽃일랑(진달래) 꺾지 마렴(왜냐하면)
也應杜宇月中愁　　(진달래 꺾으면) 소쩍새 달밤에 서럽게 울 거야.

63. 閒居 욕심 없는 삶의 생애를 꿈꾸며…

閒來事業少人知　　욕심 없는 나의 생애 아는 이 적지
隨意行行自速遲　　뜻에 따라 살아온 삶 스스로 결정했지
抛却功名浮雲外　　부귀명예 따위는 뜬구름에 맡겼는데
遑遑半世又何之　　허둥대며 남은 생애 무엇을 추구하리.

64. 除夕 내일이면 내 나이 또 한 살 늘겠네

光陰迅速轉如輪　　세월은 빨라 수레바퀴처럼 도는구나
六十八年年又新　　내일이면 내 나이 한 살 더 늘어 68세
回思前日同遊友　　지난 날 돌이켜 회고하니 함께했던 벗들
半是凋落餘幾人　　절반은 이미 떠났으니 남은 벗 몇이던고.

(1963년 癸巳 67세 섣달그믐날)

* 이강희 (李康熙, 號:愚石) 1896~1969
용담공립보통학교, 전주농업학교 졸.
40여 년의 공직 생활 끝에 1956년 전북 완주군 농회장으로 59세에 퇴임.
부친 이기형(李起亨, 號: 錦川)은 한학자로, 유작 금천시집(錦川詩集)이 있다.
20세를 전후하여 형 이강식과 한시집(『精家』: 300여 수 수록, 이강식 이강희 공저)을 간행했으나, 현재로썬 살필 길이 없다.

금천 이기형 「산방시집」 번역과 평전 그리고

우석 이강희 한시집 중에서 3대 시집 『백 년을 걸어온 봉선화』와 4대 시집 『햇살 따라 봉선화』에 실린 한시들 번역과 평전을 쓰신 김재룡 한학자를 소개합니다.

문학박사

아호: 강림(江林)

이름: 김재룡(金在龍)

현:

원광대학교 교양학부 교수

한국전통서당문화진흥회 상임이사

세계종교평화협의회 집행위원

논문 한글

2009, 06 이수광(李睟光)의 매화시(梅花詩) 고찰(考察), 우리 문학회(학술등재)

2009, 01 중국 산수 전원시의 품격, 중국 천진대학(중국전국 학술지)

2007, 08 한국 매화시의 전통과 송경(宋璟), 우리 문학회(학술등재)

2006, 02 퇴계 이황의 매화시 연구, 우리 문학회(학술등재)

2005, 12 소식(蘇東坡)과 한국의 고전문학, 중국 천진사범대학(중국전국 학술지)

저서 한글

2006, 03 퇴계 이황의 초서매화시첩 번역 및 편집, 원광대학교출판부

2006, 03 퇴계 이황의 매화시연구, 원광대학교출판부

2007, 03 한국의 매화시, 원광대학교출판부

2004, 03 중용본문(四書) 쓰기 편저, 도서출판 한빛사

2005, 03 대학본문(四書) 쓰기 편저, 도서출판 한빛사

2009, 03 기초한문 저 원광보건대학 교재), 도서출판 한빛사

2012, 01 전공한문 저 원광대학교 자율전공학부, 도서출판 한빛사

2013, 08 전공한문 저 원광대학교 봉황인재학부, 도서출판 한빛사

전화: 010- 3683-7789

연구실: 익산시 익산대로 460 원광대학교 대학원관(19번동) 3층 김재룡 교수 연구실

자 택: 전북 익산시 무왕로 10길 20, 미성빌라 6동 202호

3.

春崗 李春宰

춘강 이춘재 시

춘강 이춘재 선생 프로필

第 6 章 李春宰 校長

① 原籍: 全北 鎭安郡 程川面 慕程里

② 本籍: 全州市 高士洞 1의 8

③ 生 年 月 日: 1919. 10. 22

④ 學歷: 1939. 3. 京畿公立中學校 卒業

1944. 9. 東京上智大學 商學部 經濟學科 (獨逸) 卒業

⑤ 經歷: 1946. 4. 群山中學校 教諭

1946. 10. 淳昌農林學校 教諭

1947. 6. 谷城農林學校 教師

1948. 9. 南星中學校 教師

1952. 4. 南星高等學校 校監

1954. 3. 南星高等學校 校長署理

1952. 6. 全北大學校 工科大學 講師

全北大學校 商科大學 講師

忠南大學校 工科大學 講師

圓光大學校 助教授

1957. 11. 南星高等學校 教師

1966. 5. 南星高等學校 校監

1968. 3. 裡里南星女子高等學校 校長

先生은 명석한 두뇌와 강철같이 굳은 의지의 소유자이다. 무슨 일에나 선견지명을 가지고 있다. 일 처리하는 것이 쾌도난마를 자르는 거와 같고 훌륭한 外科醫의 민첩한 솜씨를 방불케 한다.

先生은 全北 鎭安郡 程川面 慕程里에서 1919년 10월 22일 先親 李康熙氏의 長男으로 탄생하였다. 매우 총명하고 사리가 밝은 少年으로 또 꿈많은 少年으로 어른들의 총애를 한몸에 받아 자라났다. 長水普通學校에 在學하여 卒業할 때까지 줄곧 優等生으로 首席의 자리를 획득했으며 졸업 시에는 전교 최우등생의 영예를 차지하여 여러 스승의 끝없는 사랑을 받았다.

서울 제일고등보통학교(현 경기중·고등학교)에 입학하였다. 문명의 혜택과 영향과는 거의 담을 쌓다 싶은 첩첩산중 진안 장수의 벽지에서 오늘의 경기중·고등학교에 영광된 입학이 되기까지에는 뼈를 깎는듯한 피어린 노력의 보람과 代價였다. 재학 시 성적은 더할 나위 없이 뛰어났었고, 더욱이 보통학교 시절부터 남달리 연마시켜온 庭球에서는 탁월한 소질과 기능을 가져서 재학생 대표의 '정구 선수권대회'에 출전하여 그때마다 늘 우승의 영예를 획득하였다.

1944년 9월 東京 上智大學 商學部 經濟學科(獨逸語)를 卒業하여 1946년 1월에 群山中學校 敎諭에 被任된 것이 敎育界의 첫발을 내딛게 되었고, 이어 淳昌農高, 全南 谷城農高 敎諭를 歷任하다 1948년 9월 1일에 南星中學校에 赴任하였고, 다시 1952년 4월 現 南星高等學校 校

監, 1968年 3月에 理里南星女子中高等學校 校長으로 被任 오늘에 이르렀다.

어찌 생각하면 波瀾萬丈하고 風雲皃格인 李春宰 선생의 지나온 歷程이기도 하다.

先生은 經濟의 규모가 놀랍고 종이 한 장, 분필 한 자루를 무섭게 여기는 절약가이다. 동창회, 학부모, 교직원, 학생들이 모두 先生의 주위에 굳게 단결하여 있음은 평소 높은 덕망과 원만한 인격의 所致이니 끝없는 '南星' 발전에 기대되는 바 크다.

『南星二十五年史』 1971.

一贊 春崗 李春宰一

全北大 師大 教授 李炳基

"一以貫之"는 『論語』에 있는 말이다. 이 熟語를 아버지한테 붓글씨를 받아서 春崗은 私家에 두지 않고 교장실에 걸어두고 있는 분이다. 외길 교육자를 적절하게 격려한 글이고, 春崗에게도 더 좌우명으로 收斂된 것으로 안다. 筆者가 春崗을 모신 것은 1970년대의 南星女高 在職 7년간이다. 華城學院이 지금도 그렇지만 전통에 있어서 母校奉職者가 많은 곳이다. 春崗으로서는 제자들과 술자리 하기가 조금은 어색한 점이 있었던 터라 年淺한 筆者와는 오히려 만날 때부터 知己之友의 相合으로 어울리게 마련이었다. 거의 매일 술이었다. 이 때문에 筆者가 동료교사들한테 오해도 받는 일이 없지 않았던 것으로 안다.

停年이 된다니 부모님을 석별하는 이상의 서글픔이 앞선다. 주변의 친구들이나 같이 春崗을 허물할 수 있는 春崗의 제자들은 술만 마셨지 생활이 없다는 데 대하여 동정보다는 異端心을 금하지 못한다. 철저하게 술로 산다는 것도 어려운 문제다. 하지만 春崗의 말마따나 저희들이 술을 얼마나 나를 대접해 본 일이 있어서 그런 소리를 하는가 하는 반문에는 아마도 선뜻 대답하지 못할 것이다. 쉽게 말하면 春崗은 내 술 마셨지, 공술은 마시지 않았다는 자기 긍지가 있기 때문이다.

호연지기의 대도를 걷는 노장적 편모를 갖춘 분

春崗이 술이 과했던 것은 부정할 수 없다. 그러나 남이 사면 반드시 갚는 분이다. 되로 받고 말로 주는 성미다. 다만 전기의 제자나 주변 친구의 말은 내 술을 마셔도 정도가 있어야지 내가 내 술 마시고도 허물이 될 바에야, 안 마시는 것이 낫지 않겠느냐는 말일 것이고, 생활은 전연 모르고 술을 즐긴다는 데 대한 애끓는 걱정이었을 것이다. 그러나 春崗에게는 그럴만한 개성이 있고, 철저한 자기 철학이 있다.

計數的인 생활방편이 없기 때문이다. 순수한 教育者다. 良心을 바꾸거나 俗物이 될 수 없기 때문이다. 내 집 한 칸 없는 것이다. 春崗이라고 해서 舍宅을 불하 받지 못할 기회가 없었던 것 아니고, 그런 줄을 아는 분은 아니다.

선생이 월급이면 되고 모자랄 때는 빚으로 생활하면 되었지 어떤 계나 예상적 축적은 오히려 부담스러웠기 때문이다. 學校밖에 모르고 오후면 술 마시는 재미, 그러면서 多分히 文人的인 낭만을 발산하기 위하여 고래고래 비판하고 여과하는 되풀이로 사는 목적 이상은 없는 분이다.

역경을 걷는 살얼음의 생활이었다. 지금은 그래도 教職이 좋고 월급이 괜찮다고 하지만, 20년 전후해서는 교장이라도 良心만 가지고는 살 수 없는 때였다. 그때의 교장은 월급보다는 부수입, 하다못해 인사치레에서 얻어지는, 말하자면 非理를 잘하여야 名校長이고 출세하는 때인데 어디 春崗은 그럴 줄을 알았던가? 바보라면 바보였지만 교육자로서는 正道를 걸은 大局의 교훈으로 받들어야 한다. 더구나 사모님 또한 완고한 봉건 가정의 부덕으로서 점잖다 못해 바보로 통한다. 생활력이 없고 보니 동네 나들이 한 번 안 하고 사는 데서 슬쩍 타협할 수 있는 非理를 알았던가.

쌀하고 연탄만 월급날이면 들여놓는다. 얻어 마시기만 해도 좋을 터인데 나도 한 잔 산다는 것이 부채가 되어 생활이 모자란 春崗이 될 수밖에 없다. 自制하지 못한 점은 탓 들어도 어쩔 수 없다. 그러나 그 한편은 리더로서의 유형을 달리한 점에 있을 것이다. 딴 校長은 명령의 통솔이지만, 철저하게 下位奉上의 民主的 통솔방법에서 기인한다. 밑의 사람을 나무라기 전에 술 사주고 달래는 통솔방법이었기에 호주머니가 차있을 겨를이 없었던 것으로 안다. 그러자니 단순한 일루의 양심은 늘 가슴을 메웠던 것으로, 그것은 술 마신 후에는 반드시 복권을 산다. 아마 몇 년을 두고, 아니 복권이 생기면서부터 지금까지도 사고 있는 줄 알지만, 당첨이 그리 쉬운가? 요행을 모험하는 일면을 숨길 수 없었겠는데 이것도 極과 極은 통하더라고 시종 교육 외도를 모르기 때문에 사회 요청의 외도와는 통하는 점이라고 하여야 할 것이다.

1. 기박을 모른다. 딴 때는 몰라도 수학여행 같은 때 外地에서 교사들과 어울리면 모두 화투를 치게 마련인데 참여할 줄을 모른다. 밖으로 돌아다니며 학생들이 자는 연탄방의 가스는 스미지 않는가, 신은 왜 흩어졌는가 하며 가지런히 정돈해 놓고 다니는 분이다.

2. 李白의 「桃李園序」를 잘 외운다. 대체로 천지는 만물의 숙소요, 세월은 영원히 쉬지 않고 천지의 사이를 지나가는 나그네와 같은 것이다. 호연지기의 大道를 걷는 老莊적 편모로 이야기할 수 있는 분이 春崗이다. 늘 봄의 정취에 도취되어 童心의 세계로 펴 나온 일생이다. 무리하지 않고 물의를 일으키지 않는 중용적 교육관이라고나 할까? 한때 졸속이라는 비난도 받았지만, 그때만 하더라도 의리상 저질렀던 향도의 외도정치에서 다시 돌이왔을 때는 이미 매너리즘에 빠진 분위기의 쇄신을 위해서 저돌적 박진감으로 선후당착을 무릅쓴 의무의 발단적 결과로 본다.

산은 높은 데 있는 것이 아니고 선인이 있으면 이름이 있다

3. 靜中動의 기백에 산다. 교사들의 프라이버시는 절대로 지켜준다. 흉보는 사람을 탓한다. 그러면서도 윤리적으로 어긋난 일을 저지를 때는 절

대로 용서가 없다. 더구나 풍기문제에 저촉될 때는 어제까지 친하던 것도 소용이 없다. 먼저 서둘러 제거하는 성미다.

4. 젓갈단지를 손수 사 들고 다닌다. 도시락에도 젓갈이나 꼬들빼기 등 희소가치가 있는 것에서 취택한다. 시장도 돌아다니고 젓도가도 찾고 길거리에서 게를 산다. 여자친구에게 주는 선물도 속옷 가운데서도 깊이 입는 속옷을 사서 주기도 한다. 실제를 즐기고 유머를 일삼는 일면이다.

주마등처럼 스치는 영상이 한량없다. 지면이 아닌 사석에서의 서술이라면 웃지 않을 수 없는 많은 에피소드가 있다. 春崗이 벌써 학교를 떠나고 서울로 이사까지 한다니 참으로 허전한 마음뿐이다. 얼마 전에도 다음과 같은 이야기를 들었을 때 참으로 뭉클한 마음을 금할 수 없었다. 사람은 누구나 물욕이 없겠는가 순진한 교육의 양식이 春崗을 春崗이게 하는 점이 중요하였다.

「어제 목욕탕에 갔지. 젊은 놈들 자리를 양보 않더군. 내가 들어가 앉으니 자기가 맡은 자리라며 기어이 나보고 비키라는 것이야」 젊어서 왜 돈을 못 벌고 지금도 공동목욕탕을 이용하는가 눈물겹도록 서럽더란다. 이제 애들 컸으니 후복이 깃들 것으로 안다. 春崗에게 드릴 수 있다면 나의 선물은 유우석의「누실명」을 보내고 싶다. 내 말을 대신해 줄 것 같아서다.

「산은 높은 데 있는 것이 아니고 仙人이 있으면 이름이 있다. 물은 깊은 데 있는 것이 아니고 용이 있으면 신령스런 것이다. 이 누실은 오직 나의 덕이 향기로운 데 있다.」 오직 春崗의 여복을 빌 뿐이다.

을축년 1월 16일

현대 시

1. 성 숙 成熟

검푸른 태고太古의 숲이 우거진
산마루에 초생달이 누워 있고
바닷가 모래밭엔
기어오르는 파도 타고

고기떼 쌍쌍이
밤마다 밀어密語로 지새운다.

가시덤불 속에서
찬 이슬 가리며
망실亡失된 임이 그리워
고독孤獨을 토吐하며 토吐하며
못 다 울어
뻐꾸기는 저렇게 서러운가.

저 멀리 등댓불이 졸고 있는 섬엔
역사歷史를 씹으면서
미움도 가난도 거짓도 모르는
하얀 마음이 하얀 마음들이
원무圓舞의 선율禪律을 수 놓는다.

산머리 위에 샛별이 비껴 서고
요사妖邪한 속삭임 사라지면
뱃고동이 정적靜寂을 깨뜨리고
비린 바람 한 아름 몰아 올 때
나그네는 하염없이
모래를 털며 털며 일어선다.

〈1974년 7월〉

2. 날 개

가물거리는 저 수평선

휘몰아치는 여울

두 줄기가 한 줄기

백 줄기가 한 줄기

벼랑에 부딪혀 튕겨 치는 소리

절규의 파편破片인 양

부서진 물방울 조각

또 성난 파도波濤되어 웅얼거린다.

여름 겨울 낮과 밤에

참새떼 생쥐떼 재롱이 한창이면

벽오동 가슴속에

서러운 연륜年輪의 낙인烙印이 늘어 가듯

두메산골 돌이 아비 이마에

주름이 피맺히는 도랑들.

물방울과 파도波濤의 지겨운 사연
바위가 야위고 이끼 끼는 사이
연륜年輪도 주름살도 천 년千年의
진토塵土되며 대지大地는 원시原始를
잉태孕胎하는 또 원초原初.

부서지는 마음
방향方向 잃은 후조候鳥되어
밤하늘의 거센 바람 먹구름 헤치며
이름 모를 별빛 따라
흰 눈 내리는 산머리 위
두 날개 곱게 펼쳐
훨훨 날아 산하山河를 굽어본다.

〈1975년 1월〉

3. 오 발 誤發

삼팔식三八式 구구식九九式 장총長銃은
이제 삼십 년이 지난 유해遺骸
칠흑漆黑같은 참호塹壕 속에서
허공虛空으로 굉음轟音이 숨을 죽이며
탄환彈丸을 싣고 우연偶然한 꿈속으로
날아갔다.

한눈은 감고
다른 한 눈이 총구銃口를 기어들어
과녁貫革을 응시凝視하고
방아쇠를 당기면
멧돼지가 검붉은 비린내를 토吐하고
산비둘기 떼 영가靈歌를 합창合唱하던 날.

정복征服과 복수復讐의 교차로交叉路 위에
아폴로의 신神을 얼싸안고 난무亂舞하는
이그러진 카리스마의 군상群像들

그러나

화살이 포물선抛物線을 그리는

풍류風流의 누각樓閣

과녁이 덩!

미주美酒 가인佳人의 청유淸遊가

산山허리를 휘감고

절귀絶句의 묵향墨香이

바위틈에 스며든다.

증오憎惡와 분노忿怒의 용광로鎔鑛爐 속에서

이글이글 타오르는 장식裝飾 없는 순백純白

애정愛情, 연민憐憫, 관용寬容의 탄알을

동짓달 살얼음처럼

꽁꽁 얼어붙는

해묵은 대지大地를 향向해 쏘아 본다.

〈1975년 8월〉

4. **체 념**滯念

습습히 들썩이는
코스모스 입김이
차가운 무서리 되고

느티나무 가랑잎이
돌돌 말려
지각地殼의 파도波濤따라
낯선 계곡溪谷에 파묻히는 날

흰 갈대
목을 빼어 느려
애달프게 흐느끼는
고요한 시월의 만가挽歌

온몸이
불꽃을 튕기는
단풍은
피 묻은 최후最後의 만찬晩餐

가을　가을　가을　가을
우수수 드나드는 손님의 그림자
그림자

가물가물
열리려다 닫히려는
지평선地平線

희디흰
겨울이
씁쓸히 서 있다.

〈1976년 1월〉

5. 바람을 마시고

바람이 분다
해가 뜨고 진다
지구地球는 돌고
개미는 백 척白尺 벼랑을 기어오른다.

천 리千里로 뻗는 동굴洞窟에서
하루를 사는 원충原蟲의 이마가
깨져 버린 사연事緣은 신화神話일 뿐
만 년萬年이나 걸어온 너는
기지개 켜는 장미꽃 잎에
누워 있는 그림자
새하얀 시냇물이
바다를 재잘거릴 때

민들레 씨앗 한 알
흰 깃 달고 허공虛空을 날으면
찌그러진 꿈을 매만지듯

어느 세월歲月 멍석 위에
찹쌀 막걸리 향기香氣가
요堯·순舜의 가락을 튕길
겨를이 찾아들겠는가.

얼룩진 바람이 불어온다
해가 뜨고 진다
너는
바람을 마시고 산다.

〈1976년 7월〉

6. 녹 색 綠色

녹색綠色의 바람 타고
따가운 마음
풀 향기 물씬 나는
유월六月의 한 모서리에 부딪힌다.

개구쟁이 파릇한 여린 꿈이
시공時空의 물살에 실려
시나브로 사라져 갔고

엄나무 가시 같은 시점時點에 앉아
행여나
크로바의 네 잎일가
앙상한 손가락
살며시 내밀어 본다.

녹색綠色의 바람 타고
싸늘한 가슴이
먹구름 한 모서리에 부딪힌다.

표주박 하얀 꽃이
피고 지고 피고 지고.

밤하늘

찬란燦爛한 모래알이

머리 위에 쏟아질 때

강마른 세 까풀 눈을

지그시 감으며

입술을 깨물어 본다.

〈1977년 7월〉

7. 네 이름 부르며

여기는
어두운 산山 그리메
싸늘하고도
뜨거운 숨결의 계곡溪谷

애절哀切한 사랑의
옛 대화對話는
산허리에 묻혀 버렸고

헤아릴 수 없는
발자국 짓이기는
서글픈 고찰古刹의 나날

서릿바람 차가운
이 산등성이에
저 초점 잃은 눈동자들

기성奇聲과 광란狂亂의 난맥곡亂脈曲 속에
붙들고 휘감기는
마비痲痺된 입술들
희야! 여기는 단풍의 명승名勝

나 홀로
석총石塚에 돌멩이 하나
던져 놓고

칡덩굴 헤치며
영끝 넘어
검푸른 상록常綠의 숲
또 찾아

고운 네 이름 부르며
뽀얀 안개 껴안고
그저 그저 걸어간다.

〈1978년 1월〉

8. 쭉정이

엄마의 치맛자락 눈을 가려
태아胎兒는 볼 수 없었다.
고사리손 입에 물고
두 다리 버둥거리는 자기를.

문 창호지 앞을 가려
책 보자기 등에 달고
서당書堂으로 달리는 자신自身을
유아乳兒는 바라볼 수 없었다.
그리하여 문 구멍을 뚫었다.

개구쟁이 골목대장 되어
먼 훗날을 새기며
수繡 놓은 숱한 꿈들.

저물어 가는 가을날
잿빛 하늘 가슴을 쓰다듬고
흘러간다.

상행上行 열차의 기적汽笛 소리
밤하늘에 흔들리고
어린 날 추억追憶의 파노라마
하염없이 펼쳐지는 이 순간瞬間.

남고산南固山 중턱에
고이 잠드신
어머님 삼베 치맛자락이
마냥 그리워진다.

〈1978년 8월〉

9. 사은가

어두운 한밤 길에 횃불을 따라
발자국 돌아보니 엊그제로다.
거룩한 스승님의 말씀 그리워
배움터 이 마당에 언제나 다시
잊다니 잊을 소냐 귀한 우리 집

메마른 누런 땅에 뿌려진 씨가
물주고 북돋우니 열매를 맺어
그리운 배움터의 모습 그리워
스승님 아우들을 언제나 다시
두 날개 넓게 펼친 귀한 우리 집.

〈1951년 7월〉

정형 단시

4행 단시

정형단시定刑短時

우리나라의 고시조(古時調)를 대하다 보면 자수(字數)에 차이(差異)가 많은 것을 알 수 있다. 초장(初章)·중장(中章)·종장(終章)으로 나뉘어 보통 43자 내외(內外)이나 때로는 47자, 68자, 125자, 135자에 이르는 것도 있다.

어떻든 정형적(定刑的)인 것으로 이해(理解)되고 있으나 엄정(嚴正)하게 말하면 불규칙적(不規則的)이라고도 말할 수 있다. 정형(定刑)이라기보다 정형(整形)이라 할 것이다.

이웃 나라 중국(中國)에도 옛날부터 칠언절구(七言絶句)나 오언절구(五言絶句)가 일반적인(一般的)인 한시(漢詩)의 형태(形態)인 것이다. 또 이웃 나라 일본(日本)에서는 당카[(단가=화가), 와까], 하이쿠(排毬), 혹은 센류(川流) 등 내용(內容)의 특징(特徵)을 달리하기는 하나, 당카(와까)는 자수(자수)가 5·7·5의 17자이다.

자동차(自動車)·도로문화(道路文化)에서도 차(車)는 우측통행(右側通行), 사람은 좌측통행(左側通行)이며, 교통신호(交通信號)에 빨강·노랑·파랑의 등(燈)불로써 번잡(煩雜)한 교통(交通)의 질서(秩序)를 유지(維持)하게 된다.

오늘날 혼미(昏迷)하고 불확실(不確實)한 세상(世上)에서 시인(詩人)이라는 특수(特殊)한 존재(存在)가 아니라면 시를 쓴다는 것은 그리 쉬운 일이 아닐 것이다. 누구나가 시정(詩情)을 가질 수 있으나 그것을 문구(文句)로 표현(表現)하는 일은 어렵다는 말이다.

그러한 까닭으로 간단(簡單)하게 일상생활(日常生活)에서 감각(感覺)되는 것들을, 즉(卽) 춘하추동(春夏秋冬) 사계절(四季節)에서, 지구촌(地球村)의 여기저기에서 일어나는 일, 정치(政治)·경제(經濟)의 갖가지로 청취(聽取)되는 동향(動向)에서, 다방(茶房)에서, 술자리에서 애인(愛人)과의 애정(愛情)·대화(對話)에서, 가정(家庭)에서 또는 기타(其他) 취미(趣味)·오락(娛樂) 등 모든 일에 걸쳐 마음으로 얻는 것을 4·4/4·4, 4·4/4·4의 32자로 그려내자는 것을 제안(提案)하는 이유(理由)가 여기에 있는 것이다.

우리가 향유(享有)하고 있는 자유주의 생활(自由主義 生活)은 결코 자유분방주의(自由奔放主意)가 아닌 것이고, 또한 우리가 존귀(尊貴)하게 여기는 개인주의(個人主義)는 자기(自己) 개인(個人)의 완성(完成)을 목표(目標)로 하는 것이지, 자기 편익(便益)이나 욕심(慾心)을 만족(滿足)시키려는 이기주의(利己主義)가 아닌 것이다.

그러므로 규칙(規則)이나 법도(法度)나 공중도덕(公衆道德)을 지키자면 자기행동(自己行動)에 일정(一定)한 제약(制約)이 필요(必要)한 것이다.

우리의 금수강산(錦繡江山)이 쓰레기 강산이 되어 버린 것이나, 명경(明鏡)같이 맑았던 사대강(四大江)이 오염(汚染)되어 식수(食水)로 사용(使用)할 수 없게 된 것, 교통사고(交通事故)로 사상자(死傷者)가 많기로 세계 제일위(世界 第一位), 참으로 부끄러운 일들은 우리 국민의 정형의식(定形意識)이 너무 박약(薄弱)히디고 해도 과언(過言)이 아닐 것이다.

여기에서 우리는 선의(善意)의 방향(方向)으로부터의 틀에서 벗어나려고 하지 말고 그 틀을 지키려는 생활 태도(生活 態度)를 이어 나아가야 할 것이다. 이것만이 문호개방(門戶開放) 국제사회(國際社會)의 경쟁(競爭)에서 패배(敗北)하지 아니할 이 나라의 민주주의(民主主義) 국민생활(國民生活)의 요체(要諦)인 것이다.

정형 단시

1.

젖먹이손 보드랍게
동녘하늘 바람불면
새노랗게 새노랗게
개나리꽃 땅적시네

2.

찌는듯한 불볕아래
우거지는 수초그늘
붕어떼는 활기찬데
강태공들 졸고있네

3.

연기없이 불타는산
저렇게도 강한정열
자연의힘 경외롭고
이내심정 싸늘하다

4.

이상난동 길다해도
늦추위가 오는지라
설거꾸로 쇠었다고
부들부들 떨지마오

5.

안주적다 타박말고
마시게나 마시게나
하얀눈을 바라보며
샛눈뜰것 하나없네

6.

낙화유수 「다정집」에
모여앉은 선남선녀
주고받는 넋두리가
술마시면 노래되네

7.

고해라고 비탄말소

옷걸치고 잠을자고

하루끼니 조반석죽

선비인생 그만이지

8.

긴세월을 가도오도

못하는데 무소식을

다행으로 생각하며

무위도식 소일하네

9.

차없으면 병신이고

셋빙살이 자가용도

대접받는 세상이라

자동차가 날개로다

10.

자동차는 생활하는

현대인의 생명인가

한방울도 솟지않는

땅속기름 한이로다

11.

자동차가 두렵구나

교통신호 교통법규

무시하는 운전기사

인명재천 인명재차

12.

이날이때 눈앞에서

아련하게 환영만이

오락가락 하는순간

젊은날의 여인모습

13.

비나이다 비나이다

하느님께 비나이다

고목가지 꽃피워서

봄을맞게 하옵소서

14.

태공들이 몰려와서

겨울낚시 붕어수확

뽐내면서 보여준다

한겨울에 뽐치들을

15.

새해에는 어떠할까

토정비결 짚어보자

내것네것 빠짐없이

이것또한 오락일세

16.

십년전에 살던내집

찾아오니 추억거리

한두가지 아닌데다

상전벽해 벽해상전

17.

블루우즈 옛날음곡

창문뚫고 쏟아지는

아스팔트 포도위에

가로등도 눈물지네

18.

왜우느냐 왜우느냐

눈물없이 소리높혀

우는사연 무엇인데

눈물없이 왜우느냐

19.

오들오들 몸흔들며

낚싯대를 챙겨들고

얼까말까 하는호수

미끼꿰어 던져보네

20.

어한위해 선술집에

허겁지겁 들어서니

늙은주모 이게웬일

붕어부터 내놓라고

21.

하나둘이 셋과넷을

다섯여섯 일곱여덟

아홉열을 조소하네

열보다도 더크다고

22.

인생짧고 예술길다

그말씀이 고결하다

인생길고 사랑짧다

일시감정 연극인가

23.

낙화유수 목로에서

호락질을 하는구나

우연이라 너와나는

동행하는 길손이냐

24.

목로에서 호락질이

이만하면 일품이지

일배일배 부일배라

오늘밤도 깊어가네

25.

이놈그놈 하나없고

출출하여 홀로나서

찾아가는 사거리집

오늘밤을 달래주네

26.

네한잔도 내한잔도

권치않고 그저혼자

마신것이 이래저래

오르면서 제왕일세

27.

소국은파 한다발과

카네이션 다섯송이

꽃병에다 꽂았더니

그향기가 춤을춘다

28.

흰백합꽃 자태처럽

고결하다 그대모습

자나깨나 일편단심

끝날까지 사랑하리

29.

찔레꽃이 향기좋아

꺾을래야 가시세어

손내밀다 피만나고

씁쓸하게 돌아서네

30.

한겨울에 무슨비가

이렇게도 심술궂나

어린이랑 멍멍이가

기다리는 눈좀펑펑

31.

하느님의 뜻에따라

오늘까지 살아왔고

막내나이 사십인데

배필하나 못구했네

32.

막내사십 배필없어

전능하신 하느님의

뜻인것을 어찌하리

어기리까 비옵니다

33.

단독주택 그립도다

고층건물 아파아트

풀한포기 못심으며

흙한뼘도 못밟는다

34.

천장에서 쿵쿵쿵쿵

개구쟁이 뛰노는데

무너질까 걱정이고

머릿속이 흔들리네

35.

술자리는 시들하고

안마시면 허전하다

거센바람 눈날리어

전화기에 손을댄다

36.

갈곳없고 올손없어

하루가기 천추인데

갯버들이 푸르르면

붕어새끼 잠깨겠지

37.

금수강산 삼천리가
쓰레기로 뒤덮이네
누구인가 누구인가
내탓이오 내탓이오

38.

자연속의 인생이요
인생또한 자연이오
대자연을 사랑하여
인간살이 보호받세

39.

대한영감 소한댁에
찾아가서 얼었는데
올해소한 춥지않아
벌레들만 수군수군

40.

새해아침 이것저것
반성하고 맹세하고
떠오르는 태양향해
두손모아 기도하네

41.

잊고있던 옛친구가
카아드로 녹해오니
고마웁기 한량없어
설에는꼭 답장하리

42.

'94'년의 초하루는
계유년의 동짓달이
열흘이나 남아있고
갑술년은 이월십일

43.

먼동트니 참새떼가
시끄럽게 우짖도다
어서어서 일어나서
단시한수 적을거나

44.

하루해가 동지지나
노루꼬리 만큼이나
조금조금 길어지고
온도눈금 올라간다

45.

살까말까 하던차에
올라오라 하는구나
하대원동 아파아트
그리워라 만져보자

46.

십년이면 긴긴나날
고무나무 열살인데
한겨울에 방안에서
무럭무럭 자라나네

47.

목천포의 민물장어
사실인즉 양식어족
그나마도 희소하여
값이높아 맛이좋다

48.

오늘따라 금우주당
한사람도 빠짐없이
목천친구 찾아가서
만경강의 옛날추억

49.

쇳덩이나 다름없던
건강한몸 어디가고
그렇게도 바빴던가
지기하나 저승갔네

50.

쓸쓸하다 슬프도다
달에몇번 찾아주던
하나뿐인 지기잃고
마시는술 입에쓰네

51.

가슴깊이 박힌피멍
말한마디 위로한들
텅빈마음 메워질까
미망인에 죄송하오

52.

허무한게 인생이라
영광스런 학위저서
종이위에 새겨놓고
유명달라 소리없네

53.

한국관광 소리높이
외치려면 친절하고
편안하게 안내하는
마음모아 맞이하게

54.

나사는곳 깨끗하게
다듬어서 아름답고
상쾌하게 살으면서
'한국제일' 칭송받세

55.

이발하고 면도하면
한주일은 안락하다
오늘정오 이용원의
세상잡담 흥미롭다

56.

중진에서 선진으로
국제화에 개방이라
조국운명 이제부터
W.T.O에 달려있다

57.

암모니아 질소에다
톨루엔에 벤센이라
오염식수 영남주민
마시면서 비분강개

58.

낙동강의 페놀사건
불과삼년 전일인데
마실식수 불안한채
신토불이 부르짖네

59.

문호개방 국제화는
치산치수 연후에야
기대되고 실효있다
목소리는 조용조용

60.

민주주의 미명빌려
부산작용 파생허다
이기주의 개인주의
뜻모르며 고성방가

61.

목로에서 호락질이
이만하면 일품이지
일배일배 부일배라
오늘밤도 깊어가이

62.

배부르다 배부르다
보리고개 어디갔나
어제일이 오늘인데
철도없이 허영일세

63.

개방이라 국제화로
지구상의 온나라가
극한경쟁 겨루나니
기필코야 주먹다짐

64.

물가안정 무너지면
임금체계 부서지고
유동화폐 팽창하여
인플레가 앞길막네

65.

20세기 말년안에
남북통일 성취라고
아니아니 천만말씀
이삼십년 더갈텐데

66.

어리둥절 하고말고
물가안정 한다더니
시장가격 자유라고
고삐풀린 망아지들

67.

갑술원단 송구영신
우편엽서 오십일매
투함날을 고르다가
2월 5일 작정했네

68.

2천원에 감자네개
천원어치 시금치는
팔지않아 기가막혀
이런물가 처음본다

69.

오늘보는 정년퇴임
신년후배 면면인데
홍안반백 뉘덕분에
저렇게도 겉늙었나

70.

정년이란 법규제가
인생정년 재촉하고
사회보장 없는세상
노인살곳 어디메뇨

71.

정년퇴임 식장참석
십년전일 회상하니
유수세월 실감나고
갱소년법 어디없나

72.

갑술년에 5사 6입
팔십인데 한국남녀
평균연령 겨우넘어
천만다행 자위하네

73.

대동강물 풀리는날

버들개지 움트는데

미곡시장 국제개방

농민들만 얼어있네

74.

갑술년초 대설한파

귀성효심 괴롭히며

차량주행 정체극심

노부모는 밤새우고

75.

북쪽정권 한심하다

핵은깊이 묻어놓고

질질끌어 사찰단엔

빈껍데기 보일건가

76.

어김없는 계절향기

꽃대들이 솟아오른

화분춘란 오늘아침

눈에띄게 자라났네

77.

갑술년의 대보름은

수십년래 처음보는

민속놀이 대대축일

민족자긍 세계선린

78.

대통령직 취임일년

정치개혁 수행계속

부정불안 부실불식

난제태산 국민협조

79.

제 17회 겨울철의
올림픽이 열렸는데
노르웨이 설원빙국
태극기가 펄럭이네

80.

큰나라들 제쳐놓고
일본중국 따돌리고
금메달 4 은메달 1
동메달 1 세계 6위

81.

국경일에 국기게양
하지않은 집이많다
애국심은 가슴속에
깊이깊이 묻어놨나

82.

210 호 아파아트
펄럭이는 태극기는
겨우 20 3·1정신
흉내라도 만세만세

83.

무기없는 무역전쟁
포소리가 없다지만
교역적자 약소국가
강식약육 국제개방

84.

기러기가 북쪽으로
몇만리길 날으기를
시작하는 경칩이라
매화새싹 튀어나와

85.

일희일비 인생행로

천리청산 사방춘풍

명산대천 노소관광

불우지린 의식위천

86.

으레있는 꽃샘추위

불쑥한파 깔린아침

피어나는 매화가지

부들부들 떠는구나

87.

생수족속 수도족속

삼천리의 국토분단

남북통일 멀었는데

식용수도 양분인가

88.

지난해의 초상에는

침통중에 궐례하고

4월5일(음)소상맞아

유족들을 위문했네

89.

병채에게 바친제주

병채마심 할수없고

미망인은 나를보고

망인생각 더클세라

90.

저기에도 여기에도

있고없고 없고있고

슬퍼하다 기뻐하고

기쁘다가 눈물난다

91.

봄의색깔 개나리와

목련자태 봄아가씨

깊은가슴 잔잔하게

물결일게 손짓하네

92.

오랜만에 봄비내려

메마른땅 촉촉하게

적셔놓아 산천초목

가뭄갈증 풀리었네

93.

춘설이라 반갑기는

하지마는 너무빨리

녹는것이 아쉽구나

수양버들 물오른다

94.

대통령이 동경으로

북경으로 부리나케

날으면서 핵개발을

막으려고 극력외교

95.

한미관계 한일사이

한중교류 한소쌍방

미일상호 미중관심

미소접근 유엔향방

96.

대통령의 일본방문

중국방문 국익증진

북핵억제 바쁜여정

북한정권 분별무지

97.

봄이로되 아니로다
음산하고 바람불고
아닌봄이 차가워도
그래도와! 싹돋는다

98.

서울시가 불바다로
되는것을 각오하라
어림없는 소리로다
평양시는 재가되지

99.

4월말일 첫낚시질
철민씨와 동행하여
금마내지 오랜만에
오늘수확 붕어일미

100.

아직까지 식욕없다
섭씨온도 이십넘어
산란기에 들어서야
덥석덥석 물어대지

101.

청산처럼 말도않고
창공처럼 티끌없이
바람같이 물과같이
살아왔다 자위한숨

102.

육갑지나 고희가고
희수해가 내년인데
무엇하나 본때있게
남긴게란 하나없네

103.

낚시질이 소일인데

새벽부터 석양까지

이저수지 저호숫가

잡념벗어 던지고야

104.

하루어획 많고적고

수십마리 들고와서

이집저집 차례대로

선사하면 기뻐하네

105.

경천화사 먼곳으로

번번이도 태워주는

아호이송 친구정성

미안하고 감사하네

106.

낚시조력 짧지않아

오십년은 되는데도

삼십센티 붕어낚아

올린것은 처음일세

107.

전쟁대비 생필품의

사재기가 성행이라

경제질서 무너지면

안싸우고 지는게라

108.

북핵문제 세계두통

무력통일 단념포기

그것만이 불안해소

남북평화 통일된다

109.

전대통령 카터씨와
김일성이 평양에서
북핵문제 토의하나
별무성과 나의예측

110.

전쟁이냐 평화이냐
상반양면 기로아닌
현실위기 불안지속
불확실성 연속일뿐

111.

시카고시 솔저필드
구사년도 세계축제
월드컵의 축구경기
개회현란 선전기원

112.

우리나라 C 조편성
스페인과 첫 번대결
볼리비아 이어독일
일승이나 거뒀으면

113.

스페인과 첫판게임
선전분투 전반 00
후반전에 2대 2로
여타게임 모두무승

114.

한국실력 향상불구
고질적인 수비미스
공격연결 껄끄러워
개인기량 연마절실

115.

김대통령 김일성의
만남이곧 통일아닌
피차속셈 짐작이나
하게되는 순서일뿐

116.

그나저나 만나보는
약속실현 주저말고
하루속히 결정하여
어디서나 만나야지

117.

일부후퇴 이보전진
아지프로 중상모략
이것들이 사회주의
전략정책 수법이다

118.

정상회담 필요하나
어김없는 약속지켜
평화통일 보장되면
오죽이나 좋으련만

119.

오늘하지 낮이길어
가장밝아 좋은날이
내일부터 짧아지는
아쉬움이 사무친다

120.

봄가을이 너무짧아
긴여름과 긴겨울이
한해계절 다인것을
그나마도 겨울싫다

121.

7월 8일 2시 지나
이십세기 후반세기
북쪽땅에 군림하던
김일성이 사망하다

122.

김일성의 작고소식
전세계에 알려지자
자연사냐 사고사냐
여러억측 구구하다

123.

십여일간 계속되는
찜통더위 삼십사도
삼십육도 덥다더워
장마철에 비안오고

124.

낚시질도 가을까지
포기하고 선풍기로
피서소일 냉장수박
한창더위 식혀주네

125.

김정일의 북한통치
당총비서 국가주석
군부원수 그집단이
세계제일 왕국이랴

126.

공산·사회 전체·통제
개인·자본 자유주의
경험역사 증명하는
다수복지 낙점끝나

127.

삼십칠도 마른장마
살인적인 초복날씨
집안에서 모처럼의
복달임은 오이냉국

128.

더워더워 이런더위
반세기에 처음겪는
혹서라고 비안오면
농작물은 다타죽네

129.

논밭고갈 사상최내
전력소비 사상최고
4 7 5 억 수원개발
오죽하면 태풍기대

130.

오늘중복 삼십육도
월말까지 비안오면
수리몽리 지역마저
위기초래 농심불안

131.

목마를때 물한모금
배고플때 밥한숟갈
인정있는 세상살이
허덕이는 겨레사랑

132.

민심악화 천심무심
칠십년에 처음보는
큰가뭄이 찾아와도
기우제나 드려보고

133.

김일성이 죽고나서

정일이가 집권하여

북한천하 호령하나

앞날행로 첩첩산중

134.

북쪽정권 고위층의

자식이나 서랑이다

조직체의 간부들이

귀순하는 정세비상

135.

오늘처서 삼십육도

삼십팔도 살인적인

여름더위 시들도다

계절섭리 위대하다

136.

아침저녁 서늘하여

불쾌지수 스트레스

저하되니 하루하루

가을문턱 낮아진다

137.

백두산에 다녀왔다

자랑말고 흙한줌을

기념으로 가져와서

보였으면 감동할걸

138.

아침저녁 가을이오

한낮기온 여름인데

코스모스 피는날에

내일인가 모레일까

139.

한가위를 이틀앞서
성묫길에 올랐는데
여름가뭄 혹심하여
잔디떼가 다말랐네

140.

산소길목 여러그루
감나무에 남이따간
뒤에남은 몇개몇개
누런감이 반겨주네

141.

오늘추분 코스모스
도로변에 만발하고
황금들녘 끝이없이
안먹어도 배부르네

142.

이송·석정 두친구와
소문좋아 낚시질을
봉선지로 향했건만
무슨조화 허사로다

143.

지존파의 인간부인
복수심의 계획살인
살인마귀 청년집단
천인공노 사회일면

144.

왜이렇게 인간성이
파멸일로 치닫는가
빈부격차 사치낭비
균형복지 문제로다

145.

인천구청 공무원들

백오십억 세금횡령

어찌하여 이런일이

오늘에야 터졌는가

146.

지구상에 어느나라

사회양상 이다지도

부패하고 은폐되는

사건사례 있겠는가

147.

아세아인 올림픽이

열두번째 개막되다

세계 2차 대전말에

원폭투하 히로시마

148.

이름조차 못들었던

나라들도 참석하고

캄보디아 베트남과

라오스가 참가했다

149.

중국단연 일위예정

한국일본 이위다툼

치열하여 예측불허

북한은왜 불참인가

150.

푸를대로 푸르르며

높고높은 하늘마음

천고마비 더해가고

하루하루 밤길어져

151.

사천삼백 이십칠년
개천절에 건국이념
상기하여 홍익인간
정신더욱 앙양일세

152.

이나라의 문교정책
학력위주 사회현상
디프로마 상처깊어
홍익인간 간곳없네

153.

히로시마 아시아드
오늘폐막 대한민국
일본제압 당당하게
42국 중 2등차지

154.

갖은교활 술책쓰고
일억일본 우리훼방
초지불굴 끝끝내내
무궁화는 피었노라

155.

대관령에 벌써첫눈
왜이리도 가을철은
짧은건가 봄오기를
기다리라 이말인가

156.

술자리도 염증나고
낚시질도 고달파서
막역지우 소원하고
팔다리만 우둔하네

157.

성수대교 중간상판
오십미터 폭삭함락
버스봉고 세단합쳐
오륙대가 인재흉사

158.

부실토목 건축전반
민간이나 관변측이
그저돈돈 황금만능
뇌물축재 세계무쌍

159.

1994 1120
15시정 남산허리
외인전용 아파아트
고층2동 5초파괴

160.

남산주변 흉물들이
말끔하게 정화될때
서울인심 풀어지고
평화신문 노래하리

161.

떨어지기 싫어하며
아쉽게도 붙어있는
붉은가을 실컷마셔
가슴깊이 묻어두라

162.

땅바닥에 주저앉아
오그리는 애처러운
들국화가 된서리에
숨죽이며 떨고있네

163.

명문대학 교수님이

자기부친 살해하고

세상이목 가리우며

정중하게 치상하다

164.

많은재산 원한되고

귀한자식 원수로다

무자식이 상팔자요

무재산이 상팔자다

165.

이웃나라 일본에서

악독가스 지하철에

수천명이 중독되어

아수라장 지옥되고

166.

유사종교 옴진리교

혐의농후 지구촌에

살인종교 횡행이유

물질만능 보복인가

167.

투표결과 여소야대

거만하고 불손하던

여당콧대 하루사이

납작코로 변하였네

168.

6·29일 삼풍백화

1 8시에 A동붕괴

사상자가 천명넘어

참사로다 흉사로다

169.

생사기로 천운인가
구조작업 졸렬하고
지휘계통 난맥이며
구조장비 기구부족

170.

부실공사 공무태만
뇌물수수 안전무시
총체적인 부실비리
과실아닌 필연살인

171.

삼풍백화 붕괴한후
삼일만에 기적으로
생구출된 최명석군
물방울로 연명했다

172.

매몰된지 십삼일째
또하나의 기적발생
류지환양 살아나와
온국민의 환호충천

173.

삼풍백화 지상 5층
지하 4층 건물붕괴
매몰된지 17 일에
또기적이 일어났다

174.

방년 2 0 묘령처녀
물한방울 먹지않고
견디어내 살았다니
그불사조 박승현양

175.

총독부의 건물첨탑

8·15 라 조국광복

5 0 주년 기념식에

동강잘려 떨어지다

176.

3 5 년간 일제위엄

상투잘려 근세사의

뒤안길에 묻힌뒤에

침략범죄 회한크리

177.

9 8 새해 2·25에

대통령의 이취임식

역사적인 정권교체

대한민국 천세만세

178.

고문경찰 도피십년

저서수집 고관방조

업자가옥 공짜살고

업소단속 외면이라

179.

일만오천 광년거리

은하수의 생성발견

우주과학 최초증명

세계학계 한국인정

180.

살인예사 인명경시

별무대책 인간말세

사형폐지 강경반대

살인자는 죽음마땅

181.

뾰족뾰족 새싹돋는
우수지나 경칩이다
I M F야 대동강의
녹은얼음 타고가라

182.

대한민국 여야교체
싱그러운 새정부가
들어섰다 국민정부
우리나라 최초경사

183.

마라도의 마파람은
생긋생긋 웃으면서
춘분타령 흥겨운데
어제오늘 꽃샘추위

184.

군부요원 병무비리
뇌물받고 병역면제
군대마저 찍었다니
하품이나 해야겠다

185.

북한주민 아사많고
탈주자가 날로증가
식량원조 무색하게
이란에는 무기판매

186.

여기저기 허위일색
이런저런 사기횡행
성실정직 사라지고
짜가세상 판치는가

* 이춘재(李春宰, 號: 春崗) 1919~2005
경기중학교(5년제: 경기고 35회), 일본 동경 상지대학 예과,
위 상지대학 경제학부
남성중학교 교사, 원광대학교 교수, 남성고등학교장,
이리남성여자고등학교장,
위 정년퇴직(1985)

4.

恩江 李廷用

은강 이정용 시

은강 이정용 프로필

- 글쓴이: 이정용 작가 (은강恩江) / 시인이자 수필가
- 〈백제문학〉 신인 작가상에 당선 수상하여 시인 등단

「꽃 걸음마」「시인의 눈물」「자유로운 시」

「밤 잡아먹는 두꺼비의 눈」「외롬의 빈자」 5편

한국 대표작가 작품집 동인지 『시와 빛』 7호 발간

- 시집: 『그대 메아리 눈길 피는 꽃 눈물의 호수노래』 출간

『아름다운 물방울 속의 눈동자 얼굴이여』 출간

『꽃과 빛으로의 여정 길』 출간

『향기 따라서 간다』 출간

『뭉게구름에 앉다』 출간

『불새의 향연』 출간

『마음에서는 말하고 있는데』 출간

『일백(100) 빛 색깔 꽃 시(詩) 송이』 출간

『네 눈에서 내가 말하고 있다』 출간

『빛을 빛으로 눈빛 두드립니다』 출간

『일어나지는 봄이다』 출간

『미래를 여는 숨바꼭질의 꿈결』 출간

『그러하옵니다 라고 말할 수 있는 이별 꽃』 출간

『떠오르게 된 눈빛을 감싸 안으며』 출간

『고독과 외로운 축복의 꽃노래』 출간

『은강 이정용 시인 시선집』 제1권 출간

『은강 이정용 시인 시선집』 제2권 출간

『날아다니는 새』 출간

『얼굴 춤 꽃잎을 안고』 출간

『꽃 얼굴에 내리는 빛 비 되어』 출간

- 공저: 『발의 화법』, 『타인 그녀』, 『엔딩 크레딧』, 『시마』 창간호, 『샘터문학상 및 컨버젼스 감성시집 공모전』 시집
- 〈은강 이정용시인의 시 감상〉 블로그 운영 중(네이버 Naver와 다음 Daum과 구글 Google) – 인기 시(詩) 제목: 「두꺼비의 한가위」 등
- 수필집: 『하늘이 나를 심판했다』 출간 발표하면서 에세이스트 등단 (2013년 09월)
- 진안홍삼축제 홍보대사, 국무총리 소속 시니어 홍보대사(통일부)
- 유일한– 대대 4대째 가문의 시인, 문인집안 출신 작가이다.

은강 이정용 시

1. 두꺼비의 한가위

두껍아 두껍아
너 어데를 가니
아니야 아니야
나 그냥 달 구경 나왔어
추석 명절의 보름달 얼굴이 너무도 밝고 환하게 나를 감싸주잖아
그런데 왜 울고 있어?
그래 그래
내 고운 마음의 부모님들 얼굴을 보고 있어

인간들이 탐사 레이저로 온갖 구멍 파내는 채굴 작업과 오물 정거장들과
쓰레기 관광의 돈놀이 공사 짓거리들
이기적 탐욕 자본주의 꿈에만 부풀어서 파괴하고 있잖아

내 가슴 미어지고 아파와
사람들은 부모님들에 대한 영원한 불효자들인 것 같아
인간들은 자연과 하늘에 대한 무궁한 불효와 죄악의 패륜자들이야

두꺼비 나오늘 날은 하늘의 마음도 슬퍼서 눈물의 빗물들
덧없이 내리는 이유가 안타까이 있어

이리와, 가엾은 두껍아

함께 무릎 꿇고 꿈결에라도 안녕 기도 올리자!

2. 이 별

가는 낙엽에 약속해라
추워지고 바람 불며 더해가는 쓸쓸함
산속의 단풍 물들어가는 수채화
나를 물끄러미 바라봅니다

여름 내내 나를 봐주었는데 감사했어요
그걸로 족해요
마음과 마음이 초록마을 집에 살았거든요
이제는 함께 황혼의 나이이니
또 의지할 수 있으니 이것으로 되었어요

당신이 베풀어준 아궁이 마음에서
한겨울 언 땅이 봄이 될 수 있을 거예요
그때까지 겨울 땅을 한 땀씩 떠 갈 거예요
당신의 눈물이면 족해요
내년 봄에 다시 또 만나요

3. 그 날

내일의 꽃
오늘이 되라고
오늘의 상처
내일의 열매 꽃 맺으라고
바람의 손길
부드럽게 쓰다듬어 갔어요

그 마음의 여운과 훈기로
겨울을 이불 속에 넣었어요
꼭 껴안아 준
사랑의 눈빛과 마음으로
입김 일어

새 생명 탄생했지요

4. 과일나무

과일 열매가 젊을 때는 사람을 피해 올라가고
농익어 무거워지면 땅으로 내려오고
생기는 이상으로 날아가고
성숙은 완숙으로 젖어들고
활기참은 나무줄기 가지와 여기에 핀 잎사귀들이다

땅에서 멀어져가는 이상
땅으로 가까워 오는 현실
세월의 꽃 피어나서 아름답고
세월의 꽃 져가면서 순수하다

젊음은 빛이 나서 성장으로 치솟고
완숙은 빛을 접어 평안으로 흐른다
집 나갈 때 집 들어올 때
아름답고 순수한 짧은 인생나무들에
별도 달도 태양도 매일 듬뿍 빛 부어준다

한낮 한 식구이고
한밤 한 가족이기에

5. 어둠 속의 바람

내 무덤 할 곳을 찾습니다 마음 방황합니다
내 평안할 곳을 찾습니다 마음 불안합니다
내 말, 내 생각, 내 마음 전달할 곳을 찾습니다
마음 어둡고 침울합니다

내 뜻대로 안 된 어둠이었습니다.
여기선 어두워도
저 세상 환한 꽃은 피어날 겁니다

어두운 듯 어둠 속을 기다렸다가
밝음으로 인도해주지요
캄캄함 속에서 갑작스러운 전조등은
생물을 놀라게 하지만
어둠 속에서 은은함과 가물가물 흔들리는 촛불은
생명을 살려내는 빛과 불이 될 것입니다.

6. 함께 살아요

죽은 시인들의 노래를 위해 탑을 쌓아요
그들의 아름다운 얼굴 꽃들을 위해서 기념비를 쌓아요
햇살 얼굴, 달빛 마음, 별빛 눈들이 내려와서 함께 놀아요
갈증 나면 생명의 비가 내리고 추우면 두툼한 백설 옷이 입혀집니다

잔디 푸른 방울들이 뜀박질해요
손잡고 노래하고 춤추고 날아가는 새들도 기뻐 내려왔네요
보이지 않는 얼굴들 새기지 않은 이름들
그렇기에 자연의 온 생명들과 시인들의 영혼이
다 여기에 있고 이곳에서 만날 수 있어요

7. 줄 위에 서다

이어갈 줄이 있을까
내 명분과 소망과 인생에

이음줄 선이 있을까
내 꿈과 바램과 그리고 운수에

갈 길 멀어 밟는 길은 어설피 떠 있고
힘든 길 아파 슬픈 길은 요동치고 있다

멀어져 가는 아득한 저 빛을 보라
고개 들어 서서히 밝힘이 온다

떴던 해가 그냥 나를 지나친다 해도
내 이음줄은 또다시 떠오를 것이다

거미줄의 눈과 마음으로
빛으로 깁고 이음질 해나가자, 함께

8. 생명 눈빛

생명의 문장인 기록문서들

생명의 팔벌림하고 있는 초록 식물들

생명의 먹음질하고 있는 활동 동물들

이 모두가 되기 위해서는 밑둥으로 엎드려

눈물 나야 하고

밑바닥으로 기어 다녀야 하고

아래 땅에 대고 입맞춤해야 한다

생명수인 물빛으로 자신의 얼굴과 마음을

바라보게 함이니

가장 낮고, 어둡고, 그늘지고, 슬픔인 곳을 챙겨주는

까닭은 바로 이곳에

생명의 불빛과 물빛이 모여들기 때문이다.

9. 초록과 파랑

세상은 자명종이다

온 누리에 퍼지는 이 소리, 저 소리, 그 소리

눈 뜨고는 안 들리는 소리가 있어

비둘기 걸음과 오리걸음의 소리

막 지금 스쳐 지나갔던 고래 마음도

눈을 감고 자고 있어야 초록과 파랑의 자연의

자명종이 울리고 깨워 준다

그 소리들은 우리를 살게 해준다

눈을 감고 자고 있어도

살금 살금 다가와 깨워 주는

초록과 파랑의 자연 자명종 소리

10. 힘겨웠던 골목길

남겨진 부스러기 빵이 냉장고에 들어가
나를 계속 쳐다본다
남겨진 김치 쪼가리가 식탁 구석에서
나를 계속 훔쳐본다
그들이 말한다 제 자리에 놓아 달라고
식탁에 빵을 내놓았고 김치를 냉장고에 넣어 주었다

나도 세상에 남겨져 있는 아주 자그만 몸체라 생각해 본다
나도 계속 훔쳐보며 눈빛과 마음으로만 사정하고 있다
그래 나도 이제는 골방에서
늘 쳐다보고 훔쳐보고 맘 놓을 수 있는 분이 있다
이제 미소와 웃음 지을 수 있는 마음의 안식처
주인님이 계시게 되었다

11. 배 들어오네

그 길보다 뭣이 대단한 게 있다고 걸어 다니고

그 길보다 뭣이 대단한 게 있다고 뛰고 날아 다니는가

그 길들보다 중요한 게 있다

꿈꾸는 영혼이다

이 길을 향하기 위해서 시곗바늘 맞춰 가며 사는 이유다

저 멀리 으슥히 푸른 등잔불들이 켜진다

푸른 영혼들을 실어갈 배다

정박한 배는 아무런 기척이 없다

데리러 오거나 나가는 이 없다

고요가 떨며 흔들거리고 있다

숨죽이는 적막감이다

12. 시인이 된

불러 대답한 사람이기에

나는 아팠다

고통이었다

외로웠다

그리고 울었다

지쳐버린 빈 허공의 깡통에

피투성이 뛰고 있는 심장을 담았다

그리고 기린 목 쑥 빼고 조바심과 호기심으로

가보지 않은 동굴을 향해 조마조마 걸어 나아갔다

뿜어 나오는 광채들의 빛다발과 함성 소리 눈빛들

그 기운의 압력에 내 몸은 벌러덩 날아가 땅바닥에

쓰러져서 기절하였다

동굴 산 전체가 거대한 종다발이었고 목소리였고

눈동자였다

일어나라고 이끌어주는 부드럽고 아름다운 목소리

불리어진 이름은 살아나고 빛이 되어간다

하늘빛 기둥 삼아 빛 밝혀주는 시인이 되었다.

13. 위해서

저무는 흙냄새인가 했더니 어느새 다가오는
밤꽃 타는 향기
밤사이 죽이고 태워냈으면
이 새벽 맑지 못한 떠돌음인가

케케 메스껍게 숨 막혀 오는
검정 어둠의 장막들
그 장막 속의 내용을 안다
모질게 악함을 더욱 안다

밤은 쓰라리고 아픈 진통으로
이겨낼 수 없는 심한 질곡이어야 함을 안다
이 인간에게 마실 물 주려고
이 죄인에게 입술 축일
이슬 한 모금 짜내려고

14. 환 생

새야 죽지마

너희는 그들의 화신이잖아

그대들은 빛 무늬를 물어다 주는 노래

그대들은 하늘의 마음을 전해주는 전령

어쩔 수 없는 운명이라면

앞으론 사람들 가까운 곳에서 태어나지 말고

근처 가까이에 접근하는 것도 말아줘

내 눈물 받아 먹고

다음 생엔 새구름으로 떠다니게 해달라고 부탁해봐

이미 새구름들은 저렇게 떠다녀 날고 있잖아

저 창공의 빛 구름들을 가끔 올려다보지

그리고 그 속에서 햇살 받아 따뜻한 가정 이루고

꼬순내 진동하는 아름다운 집 구경하려고

살짝 문 젖히고 뜰 안을 들여다보지.

15. 상 봉

아픈 시인은 꽃을 그리워합니다
아픈 꽃은 시인을 찾습니다
눈물 씨앗에서 미소가 흘러나옵니다

찢겨진 잎새에서 웃음이 피어오릅니다
아파서 시인된 사람들의 눈은 아름답습니다
찢겨서 가닥 난 꽃들의 색깔은 더욱 산뜻합니다

빛이 더해지는 너와 나
비로소 마주 보며 눈물 흘립니다
마침내 초록 만남 되어 눈물 잎사귀 흩날려갑니다.

16. 하나의 꿈

살기 위해 용쓰는 대단한 사람들과 생물들의 집념
개미도 있고 쇠똥구리도 있고 누에도 있고 뱀도 있다
식물과 꽃이 아름다운 이유가 있다
약도 안 먹고 운동도 않고 생명을 오직 하늘 뜻에
의지하고 바라고만 있는
수동성과 소극성이다

단지 자기만의 존재만을 전한다
단지 자기만의 향기만을 뿜어낸다

천박함의 소용돌이와 도깨비 장난질들
산업 과학 잡동사니는 자본시장의 만물
분노와 신경질적인 어수선함
현란한 빠름과 쾌락의 문명 21세기

단지 조용한 강가에서
세월의 흐름에 맡기어
옛사람들의 보자기와 애달픔도 안고 실어다 주는
사공의 눈물 흘리고 싶다.

17. 없게 된 것들

필요 없게 된 것들 떠나라 하네
새벽 신체에서 소변을
보기 싫게 된 것들 떠나라 하네
길에서 집기 가구들
소용없게 된 것들 떠나라 하네
땅에서 사막으로
아쉬움 없게 된 것들 나가라 하네
애정에서 바람으로

능력 없게 된 것들 나가라 하네
노래에서 허공으로
관심 없게 된 것들 떨어지라 하네
유행에서 바닥으로
마음 길 없게 된 것들
떠나고 나가라 하네
관심에서 외면으로

사랑과 소망과 평화는 늘 잡아두고 소유하도록

18. 환 청

노래가 물과 함께 춤을 춘다
저 감미로운 음률이 물의 허리를 낚아채 휘감아 간다
감싸 줄 듯하지만
오히려 휩쓸려 사라진다
노래보다 무궁무진한 빛의 노래

정신을 혼절시키는 색채 노래들
자연스럽게 신의 눈빛과 마음 빛으로
우러나와 사로 잡아서
기절한 환상의 노래를 들어 보라

악기 소리나 사람 목소리가 아닌
물 생명의 순수한 하늘 목소리를 땅에서
만져 본 적 있는가

청량한 눈물 빛 소리를 순수하게
눈 속에 담아 본 적 있는가
최선이고 최고의 목소리
저 맑은 소리를 잡아 매달아

생시인지 아닌지 모르는 생명의

물 소리를 껴안고 잠들자

영혼의 빛을 들으려 누우리라

19. 아픈

새벽이 울고 있다
보이지 않는다
샘터의 물총새가

새벽이 울고 있다
보이지 않는다
샘터의 나뭇잎이

샛별이 눈을 맞추며
흐리게
얼굴이 희미해져 간다

달님도 얼굴 돌리며
슬프게
마음이 아프다고 한다

수도관 놓은 터 생겼다네요
관광 코스 길 공사중이라네요

20. 세월 된 무늬

엎드려서 뒹굴며 눈물 흘립니다

메마른 수박 꼭지 같은 세월이 흘러 갔네요

눈물통 잠겨 놓은 아픔과 수고와 흔적들

즐겨이 드나들던 꽃나비 떼들

이제는 밭고랑에 홍수 눈물 지새운 그림 뿐

속앓이 겹겹 견고함의 침묵한 저수지 댐의 삶

둥근 눈물 속 돌 성곽 같은 외형의 둘레길 되었네요

고스란히 가득 둘러진 진한 줄무늬의 사랑 얼룩 디자인

검게 탄 씨앗 가슴에 불꽃 태우는 부모님의 얼굴

21. 아픈 새김

손 한 번 내밀면 될 일을
그걸 못했습니다

말 한 번 해줬으면 될 일을
그걸 못했습니다

염치없이 포옹 한 번 해줬으면 될 일을
이마저 못했습니다

용서해달라는 마음의 아픈 통곡 바다
그 어떻게 해요

쓰라린 한의 눈물 꽃
오히려 제단의 꽃향기와 함께했으면 해요

그대 눈동자 내 마음에 차요
당신의 보름달 마음 내 마음에 차요

당신을 좋아해요
당신을 사랑해요

22. 시 인

시인의 마지막 말을 듣습니다

하늘의 빛이 들어옵니다
함께 환하게 웃습니다

바다의 꽃물들이 떠받쳐 줍니다
함께 환하게 미소합니다

눈빛 마음에 닿아 옵니다
함께 환하게 눈물 흘립니다

시인의 마지막 언어는 침묵의 따뜻한 빛이었습니다.

23. 꿈속의 시

현실에서 추어대는 춤이 있다

미친 춤은 시끄럽고 혼잡하다

이 춤 가운데를 깨끗한 비가

빗살처럼 비춘다

그 어지러움에 침식 당하지 않으며

고요한 빛 투성이의 함성은

심히 흔들리는 내부의 빗물들을 어루만지며

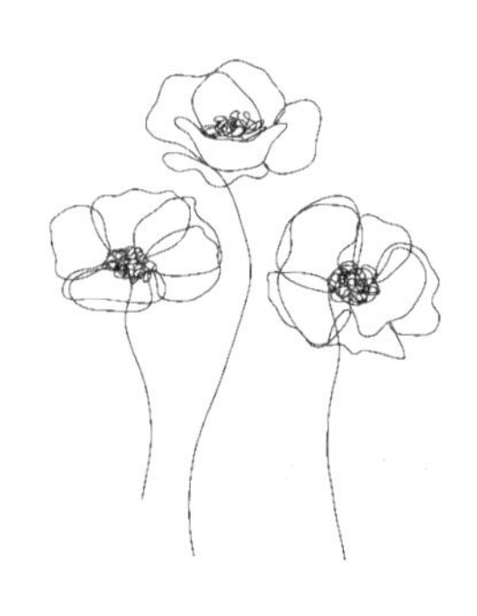

24. 홍 시

빠알간 볼을 안고
눈물 열매 담아 맺혀 있다
젊고 생생한 아리따운 빛
손가락도 얼굴도 몸매도 눈빛과 마음도
땅의 권위였고 땅빛들의 자랑이었다
주위 모두가 우러러 올려다보았다

이 빛깔과 무늬와 모양 싸 안아서
그대로 봉지 입혀 옮겨간 땅 빛 닮은 하늘
태양의 빛 받아 저 봉지 눈물 막에
사람들의 조바심도 농익어 간다
터지지 않도록 감싸 맨 얇은 막
오직 눈물 봉지이며
쓰라린 눈물꽃 저장수 봉지구료.

25. 밤하늘

기다리고 응시해주는 검은 눈빛들

오늘은 뭣을 가져왔나 빠꼼히 문을 연다

실망의 눈빛들이다

이어지는 똑같은 나날들에

분노의 표정으로 팥죽 꽃을 이뤄내는 얼굴들이다

허탕치는 날도 유분수지

서로 기다림에 지쳐버렸다

오늘 저만치 비켜서 젖어 있는

그의 마음에 군불을 지폈다

무쇠솥 안에 부어진 맹물은 부글부글 끓어대는

배부른 건더기 고기들이 되어갈 것이다

부뚜막 아궁이 타오르는 장작 가지에

떨어져 피어나는 눈물 꽃

더 높이 타올라 별빛의 친구 되어간다.

26. 땅과 별의 이야기

얼기설기 잡다한 사념

천남성의 먹이로 주어야 했다

잘 섭취할 것인가

아니면 가시 통증 아픔의 고뇌

천남성에 사약으로 먹힐 것인가

인생의 회한인 가시와

고뇌의 엉망진창을 빼고 묻어 달라

사유의 그림을 그리게 하는 땅과 별이여

그대들의 침묵에 시인도 물들어 간다

기다림의 묵인에 시인도 잠들어 간다.

27. 거미줄

춤추는 거미 날갯짓

둥그렇고 커다랗게 빛난다

팔랑거림의 지축 흔듦으로 공중 그물을 펼쳐 내어

많은 고기를 훑어간다

덫 놓을 줄 아는 사냥꾼

사람과 닮아 있다

흔들리면 내달려 와 한바탕 거나한 씨름과 입맞춤

먹이 잡히면 춤춰대는 낭만파 건축 화가

술 한 잔 취해야 건축 공사 잘 진행하는 거미줄

인생의 나날들

미친 듯 취해야

거미와 닮았는데 춤춰대는 낭만파 건축 화가 아닌

슬픈 눈물의 서정파 시인은 어떻게 하나?

28. 풀빛 이슬 종

어둠 속에 빚어낸 탄생들

새벽 아침 마당에 불 밝혀 있다

순결한 눈물 이슬 방울들

온 대지의 빛나는 눈동자 방울들보다

먼저 깨어나

당당한 표현 꺼내 보이며

생명의 맑은 즙 방울을

기꺼이 연초록 새끼 잎들에 매달아 놓았다

잔디 풀잎 몸에 맺힌 눈빛 방울들

투명한 그곳에 누워 잠들고 싶다

세상의 모든 빛들 감싸 안고

풀 초롱 이슬 종 쳐

세상에도 땅에도 가득 별들 매달아서

마음 빛 소리로 밝혀 주고 싶다.

29. 다시 나타난

안개의 자태를 보아야 한다
안개 속에서 헤매봐야 한다

구름의 울음을 들어야 한다
구름 속에 갇혀 고독을 배워야 한다

바람의 달콤한 냄새를 맛봐야 한다
바람에 날려 허공을 느낄 수 있어야 한다

어둠을 어루만질 수 있어야 한다
그래야 생의 구석구석을 알아낼 수 있다

사람은 외롭긴 하나
관계로 이루어진 현재의 땅이다

사람이 죽으면 혼자인 듯하나
보이지 않는 빛 사람이 되어 다시 나타난다.

30. 기다림

나를 부르는 때가 있다

바람이 한 가닥 빛 편지 전달해

구석 외로이 민들레 꽃씨를

사방팔방 온 누리에 퍼뜨려 꽃피워냈다

거센 모래 폭풍 사막에서도

한순간 지나쳐가는 구름 편지를 읽고

의기양양한 진한 향기는

백년초 선인장 꽃을 피워냈다

바람 편지와 구름 편지가 닿은 곳

세상사 돌아다녀 선물하는

바람과 비와 구름과 눈의 힘찬 선물이다.

언제든 같이할 시간들 다시 또 오고 있다.

31. 외할머니의 먼 집

방학 때면 우르르 다섯 형제들 몰려갔던 집
푸른 들판 정자나무 개천물이 노래부터 하던
마음 있는 십 리 길부터 벌써 진흙탕
황토 흙들은 두 다리에 개엿 엮어
반죽 풀어서 묶어 놓고 빼주질 않네

며느리 눈치 힐끔 숨겨진 치맛자락 속
반숙되어 꺼내주는 쪼글쪼글 작은 손
손 떨리고 떨려오는 노오란 황금 달걀
하얀 옥양목 치마폭 속 꺼내주는 시간이 십리 길
손잡아 꼬옥 건네주는 시간이 이십 리 길
밤나무 뒷길 돌아 닭장서 훔쳐 오는 데는
삼십 리 길

왜 그 작디작은 늦추위 쪼글 감 빰 위에
내 빰 하나 없어서 포개드리질 못 했던가
왜 그 작디작은 눈꼽진 샘물터에 누우렁
눈곱 한 점 훔쳐드리질 못 했는가

진정한 황금덩이 눈물 빛 보석 계란이었거늘
진정한 은빛 날개 천사의 보물 달걀이었거늘

32. 달 아래 홍시

빠알간 볼을 안고
눈물 열매 담아 맺혀 있다
젊고 생생한 아리따운 빛이었다
손가락도 얼굴도 몸매도 눈빛과 마음도
다 빛나는 아름다움이다
이 빛깔과 무늬와 모양 싸안아서
그대로 유지해 봉지 입혀 옮겨간 하늘 땅

태양의 빛 열매 과실이
터질듯한 저 보자기의 눈물 막에
사람들의 조바심도 농익어간다.

33. 아픈 동색

새빨간 고추잠자리

많은 장독 중에서도

유독 하나의 항아리 속에 들어가려고

다람쥐 쳇바퀴 빙빙 눈 꽂혀 있다

마침내 뚜껑 문을 열어 봤다

된장 항아리, 김치 항아리, 간장 항아리, 매실 항아리

장아찌 항아리, 인삼즙 항아리, 벌꿀 항아리, 과실초 열매 항아리,

벌꿀 항아리, 마늘주 항아리

그 많은 중에 애들 할머니가 담가 놓은 빛 향기 물

연세 백 주년(100세) 오래된 홍당 고추장 단지였다

잘 곰삭은 고추장 꽃 얼굴이 곱상하게 기다리며 웃고 있었다.

34. 꽃 걸음

호수 물에 물수제비를 띄운다

제비가 뒤쫓아 따른다

물보라 꽃들이 연거푸 피어났다

벌 나비 잠자리도 모여들었다

호수가 깨어나서 웃고 있다

등 가렵다 긁어 달라고 한다

소년은 또한 웃으며 알겠다 한다.

35. 아픈 곳에서

마음 가장 애절한 곳에서 꽃이 피어났으리

통한 가장 쓰라린 곳에서 종이 만들어졌으리

물고기들도 수련 발길과 함께 유유히 산책하고 있고

새들도 초록 나무의 깊은 마음속에 말들을 섞어간다

슬픔에서 기쁨으로 사랑 꽃피고

아픔에서 즐거움으로 새 노래 지저귄다

색과 소리의 합성

눈과 마음의 합한 공명이 푸른 하늘과 합하였구나

아름다워라

선함과 참됨으로 비추이고 표현함이라

내 마음도 구름 속에 앉아 하늘 배에 두둥실 빛 실리어

떠가는구나.

36. 병 실

병실에 있는 환자들은 꽃이 되었다

세상에 나와서 싸울 일이 없다

싸움들을 바람에 날려 버리고

완전 평화주의자 꽃순이들 되어 있다

이래도 흥, 저래도 좋다는 받아들임으로

찔러대는 칼이나 주사기나 레이저 폭탄에도 그저 허허롭다

용납하고 수긍해서 고분고분 말하는 대로 말 잘 듣고

쾌히 자신의 몸을 병원에 맡겨 버리는도다

이제야 겸손과 처세술 배우고 익힌다

여린 꽃 마음만 갖고 있는 그들에게 벌 나비들이 날아든다

하늘의 뜻 전하는 천사들로 병마와 질병들 사라져 간다

하늘의 선물을 받아서 꽃의 건강과 위안이 되어 갈 것이다.

37. 떠나간 꽃

불어간 바람 속에
마음 흘러간 시간 있었네

불어간 마음 속에
추억 흘러간 노래 있었네

바다 파도 함께
모습 떠내려가는 꽃

강물 눈빛 함께
사랑 떠내려가는 얼굴

강물 눈빛 함께
사랑 떠내려가는 얼굴

향기 찾으러 배를 타네
그리운 기억 찾으러 노를 젓네

노래를 더듬어가는 사람 손길
꽃 숨결을 만져 가는 나의 호흡

마음의 바람이 있었네
눈물의 꽃들이 있었네

38. 꽃

너를 안고 살아온 것이 있다

애정의 검정 씨앗이라고

그렇기에 꽃이 피어서 미소 지었지

너를 안고 살아가는 게 있다

아픔과 고통의 져버린 낙엽이라고

이렇기에 사랑이 절망으로 눈물지었지만

소망이 첨성대 계단을 올라갔다

희망이 마야 제국 365개 계단을 올라가

제물 제단 대에 올라섰다

껌정이 밤하늘에서 한 개의 빛 비춤이 있어 왔다

암흑이었던 눈과 마음에서 빛 알 하나가 들어오고 있다

바람을 통하여 전해 오는 손길

사랑이었다.

39. 배는 떠나는데

밀물져 오는 당신의 얼굴
왜
  그림이고
          파도입니까

나와 접촉 나는 손끝 사랑
이렇게도
        부드럽고
                감미로운 걸요

왜 당신은 못 오시나요
하루에도
        두 번씩
                밀려드는 도포자락 보이는데

어찌하여 당신은 소식조차 없나요
하늘에도
        갔다 오는
                소라와 고둥 소리도 들리는데

떠나가는 배 선미 너머에서

당신의

얼굴이

아련히 손 흔들며 떠나갑니다.

* 이정용(李廷用, 號: 恩江) 시인이자 수필가
〈백제문학〉 신인작가상에 당선 수상하여 시인 등단. 시집 다수.
공저: 『발의 화법』, 『타인 그녀』, 『엔딩 크레딧』, 『시마 창간호』, 『샘터문학상 및 컨버젼스 감성시집 공모전』 시집.
수필집 『하늘이 나를 심판했다』(2013년 9월)

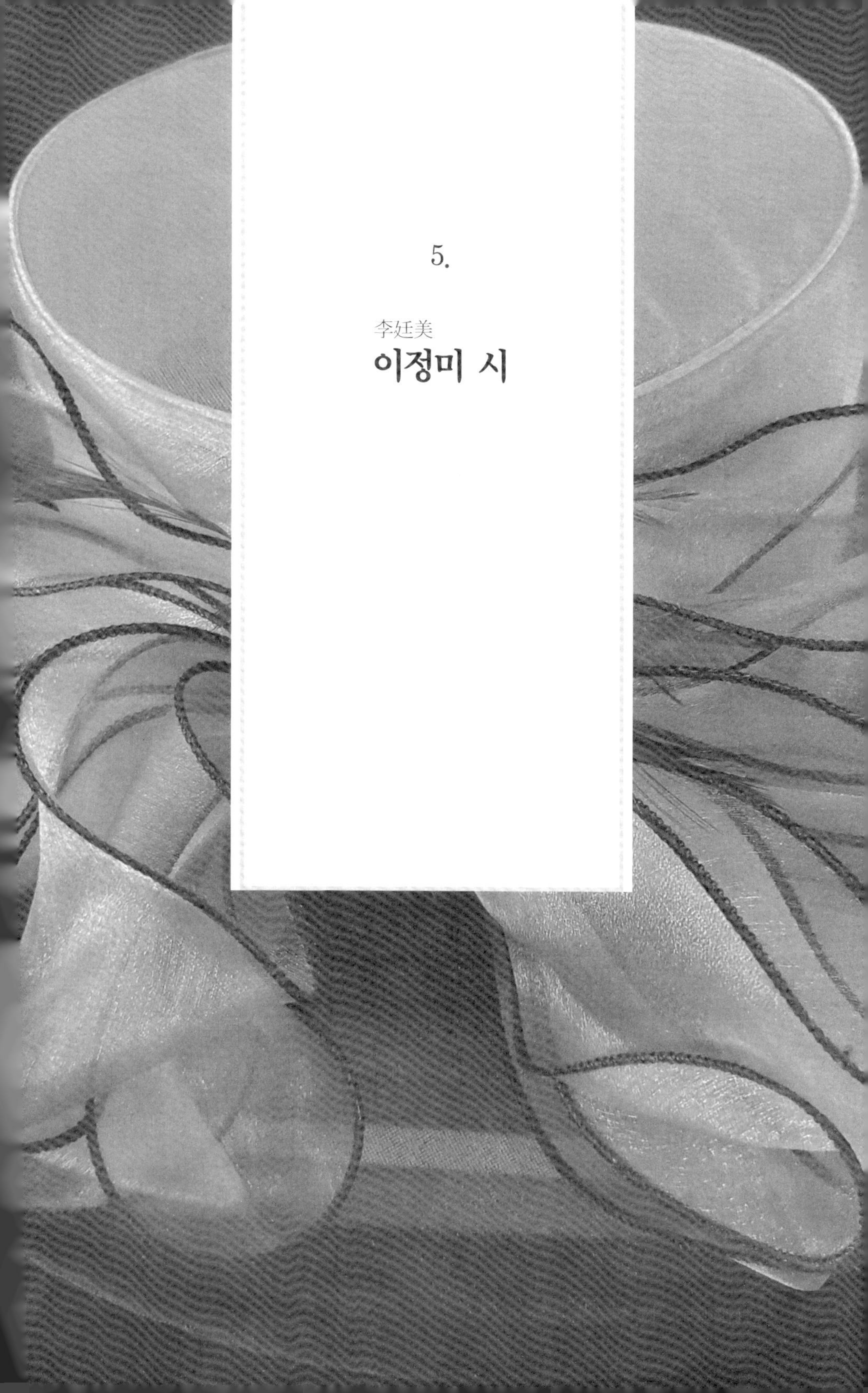

5.

李廷美

이정미 시

이정미 프로필

- 전북 익산 출생(1957)
- 덕성여자 대학교 영어영문과 졸
- 고려대학교 대학원 교육학과(교육사회학) 수료
- 고려대학교 대학원 비교문학 석사
- 이리남성여자중학교 영어교사 퇴임(2019.08.)
- 2013년 10월 30일 『백 년을 걸어온 봉선화: 3대 시집』, 신아출판사
- 2017년 『미래시학』 겨울호 신인문학상
- 2019년 8월 29일 『열려라 참깨: 개인 시집』, 황금알
- 2019년 8월 30일 『햇빛 속에 도망친: 개인 수필집』, 수필과 비평사
- 1977년 10월 KBS 『푸른 광장』 출연
- 2011년 6월 30일 SBS 『순간포착 세상에 이런 일이』 「패셔니스타 영어 선생님」 출연
- 2014년 1월 2일 전주방송 『전북인 이야기』 「뷰티풀 우리 선생님」 출연
- 2014년 10월 12일 전주 MBC 『생방송 뷰』 「떴다! 패션여왕」 출연
- 2014년 12월 30일 전주 MBC 『생방송 뷰』 「베스트 오브 더 베스트」(연말 특선 토크쇼)
- 2016년 8월 30일 전주 MBC 「생일 선물」 단편 드라마 방영
- 2016년 10월 22일 전주 MBC 〈개인사 편찬위원회 3회〉 「익산의 패셔니스타 이정미 선생님」
- 2017년 계간지 『미래시학』 겨울호 신인문학상 수상 시인 등단

연락처: C.P 010-8640-8266

주소: 전북 익산시 선화로1길 57-33 배산 2차 부영아파트 207동 1601호

이정미 시

1. 민달팽이

한 생을 살아가는데 누구나 나름대로 어려움은 있기 마련입니다
그래서 손톱 발톱이 닳아 없어지고 자화상은 대못에 박혀 하얀 벽에 걸려 있네요
살아보면 압니다
삶은 낭떠러지 위 외로운 외줄타기
사투라는 걸
새남터에서 죄도 없이 망나니들 칼춤 아래
이슬로 사라져간 수많은 목숨들
눈물로 흐르지 못하고 역사의 돌무더기로
민달팽이가
별 빛 아래 숨죽이고
천 년을 기어가고 있다

2. 전화

전화벨 소리가 울리면 그의 걸음걸이가 떠오른다

청기와 주유소가 생각난다 기억에 지나가 본 적 없으나 이름만.

과일 가게 커다란 수박이 그려져요

파블로프의 개처럼

심장이 쿵쾅거려서 살짝 어지러워요

전화벨이 울리면

하수동 빈 터의 옥수수와 깻잎이

우수수 대숲에 이는 바람처럼

3. 모 자

바람이 불면 방죽에 나갔어요

머리칼을 갈갈이 휘젓고 얼굴에 사정없이 부딪히는

폭우를 동반한 미친 바람이 좋았네요

우산이 발랑 뒤집혀서 대나무로 된 대 위에 붙어 있던 파란 비닐이

아무짝에도 쓸모없이 허우적거리던

빨간 우산 파란 우산 찢어진 우산

동요 가사에도 정답기만 하던

영국 엘리자베쓰 여왕은 항상 모자를 쓰죠

영화에서도 서양 귀족 부인들은 파티에서 항상 모자를

마음에선 한바탕 미친 바람처럼 살고 싶었으나

이러지도 저러지도 못한 채

남색의 너른 챙을 바탕으로 예쁜 하늘색의 여섯 겹 리본을 가운데 잘록

묶으니 열두 겹 커다란 꽃송이가 탄생한

해외 직구의 여성용 드레스 스타일 고급진 썸씽 스페셜 햍

4. 마스크

써 본 적이 없었어요.

독감에 걸렸어도 (실은 독감에 걸린 기억이 안 나요)

중국 황하에서 모래바람이 불어와 황사가 날린다 해도

봄마다 꽃가루 알러지로 콜록 콜록 불청객이라고 하소연하는

친구의 애달픔에도 아랑곳하지 않고

몰라 몰라 나는 몰라

하지만 코로나 19엔 예외 없이 누구도 모른 척 할 수 없어

각자의 생존이 걸린 터라 찍소리 못하고 쥐 죽은 듯이

몇 개월간 일주일에 한 번 두 장씩 혹은 석 장씩

이번 주부터 편의점에서도 장 수에 관계없이 판매한다는 뉴스에

내심 올가을을 고비로 다소 수그러들지 않겠나 했는데

오늘 뉴스에 어떤 곳은 사회적 거리 두기 2단계로 격상한다네

원도 없이 써보는 마스크네요

아마 올겨울까지 내내 쓴다면 일 년 내내 써보는 마스크는

처음이 아닐까 하네요. 그것도 온 나라 사람들이 다 같이 써 보는

5. 먼 먼 옛날

처마와 멀지 않은 앞뜰 화단에 막대기를 올라타고 한여름 더위에 맞춰

쩍 갈라진 여주를 그 안에 시뻘건 과육을 보면 멀미를 느꼈네

시내에서 떨어진 외딴 농가에서 조그만 밥상 책상 삼아 글을 쓰는

아빠 옆에서 무료한 하품으로 오후를 달래고 있던 차에

얼핏 안쪽을 힐끗 훔치고 내달리던 하이얀 머릿수건

엄마아 엄마아 내지르던 여섯 살 계집애의 우렁찬 목소리

키 큰 옥수수의 야물고 영근 알맹이로 알알이 맺혀 허공을 갈랐네

우람차게 큰 가마솥에 하얀 옥양목 빨래들은 양잿물에 푹 삶아져 희디희게

깨끗한 조약돌에 나란히 사이좋게 햇볕에 말간 미소로

쇠똥 색깔보다 더 진한 검정 비누칠 뽀독뽀독 문질러가며

발가숭이 막내딸 멱감겨 주시던 당신은

먼 먼 옛날 생각하며 빙그레 가지런한 이들을 드러내고 있으신가요.

6. 배롱나무- 백일홍 꽃나무

견우직녀가 일 년에 한 번 만나는 음력 칠월 칠석은 아니지만

할아버지가 동사무소에서 나의 생일이 생각나지 않아서 양력 칠월 칠일

오빠의 생일과 같게

그래서이기도 하지만

어떤 사랑을 이십 대의 칠월 칠일 아침에

길거리에서 만났네

7월은 왠지 행운이 올 것만 같은

그런데 언제부턴가 배롱나무꽃 색깔 옷들을 즐겨 입기 시작할 무렵

배롱나무 꽃들을 보면 가슴이 뛰었다.

마치 첫사랑을 만나러 달려갈 때처럼

무엇 때문에 그토록 설레는지 이유는 알지 못해도

뜨거운 기운이 가슴에서 솟구치던

찾아 나서지 않으면 심장이 터져버릴 것만 같던

배롱나무 꽃들이 도로의 가로수로 양옆에 늘어선 길들을

달릴 때면 또다시

첫사랑의 설레임은

배롱나무 꽃들의 설레임으로 물들어

진분홍 밥풀처럼 따닥따닥

여름을 내내 색칠하고 있다.

7. 폴의 경우

폴은 언제나 꿈꾸고 있었다.
수도꼭지에서는 물이 줄줄 새어 나오고
벽지는 누렇게 변해 본래의 색깔을 알아볼 수 없어
사춘기 소년은 화려한 극장의 매표소에서 일했다.
유명한 배우들을 직접 볼 기회가 있을 것 같아서
매표소에서 받은 돈을 횡령하여

거창한 호텔에 묵었다. 영화에서 보았던 고급 양탄자에
거대한 꽃병엔 이름 모를 꽃들로 한가득
며칠이 지나서 알게 되었다
신문엔 소년을 찾는 기사가 사진과 함께 크게 나 있었다

이제 갈 곳이 없었다.
소년은 머플러를 목에 두르고 새하얀 눈이 풍성하게
내리는 철로에 몸을 날렸다. 눈송이와 함께 하늘로 던져져
소용돌이 치고 있었다.
그것은 돌아가고 있는 세상에 대한
반발처럼 보였지만 결국은 진 게임이었다.

8. 내가 바로 홍잠언이다 1 (발에 살짝 걸렸을 뿐이야)

울 사랑둥이 천재 잠언이는 '트롯트 황제'라고 칭해도 그 말이 진부해지고 말아
이 정도의 가창력을 울 사랑둥이, 귀염둥이, 매력 덩어리, 천재가 지니고
있다니 들으면서도 입이 다물어지지 않아
7세 때 전국 노래자랑 평창군 최우수상
2020 대한민국 예술문화스타 대상 특별신인상
2020 KBS 설 특집 레전드 편 전국 노래자랑 최우수상 등
굵직굵직한 상을 받아서 넘 기분 좋았지만 〈미스터 트롯〉 오디션에서
예선전 미로 뽑히고도 본선에서 일찍 탈락해서 아쉬웠단다.

하지만 네 말처럼 그건 "발에 살짝 걸렸을 뿐이야"
아님 너무 어린 천재 사랑둥이를 보호하기 위해서였을 거야
울 애기처럼 의젓하고 인성 바르고 긍정적이고
가족의 사랑을 듬뿍 받고 자라는 아이는
승승장구할 일만 남았단다.
정말로 사랑해
울 사랑둥이 천재 잠언아

10. 배롱나무 꽃

몇 년 전 지방도로 양옆 길게 자그마한 진분홍들이
다닥다닥 나무에 피어 있었다
눈이 확 깨었다. 보았던 꽃인데 저렇게 무리 지어 있으니
벚꽃 나무에 겨룰만 하구나

지인이 분재 배롱나무를 보내주었다
나뭇가지는 형태를 잡아 주느라 굵은 철사로 칭칭 감겨
있었다
물만 꾸준히 주었다. 몇 달이 지나도 마른 고목 그대로였다
어느 날 연두색 싹눈이 나오는가 싶더니
파란 잎사귀들이 다투어 자라났다.
내게 온 지 여덟 달이 지나도 잎사귀 하나 보이지 않았다가
그 후로 두 달여 만에 진분홍 꽃 두 송이까지 자태를 뽐내었다
그때 우우우 돋아나던 이파리들은
그리고 두 송이 꽃은
생명
또 생명

11. 소소하게 바람 불고

대나무 숲 이파리들이 가볍게 일렁이며 소리를 내는가

뒤란 툇마루에 걸터앉아

떨어져 나뒹구는 볼품없는 감꽃들

배나무에 기어올라 배를 따다가

쐐기에 쏘여 퉁퉁 부어 오른 손가락 마디

욱신욱신 쑤셔 오는 통증보다 참기 어려운 건

농사일로 들판에서 구슬땀으로 멱을 감는

외갓집 식구들과 일꾼 장정들이 빠져 버린

커다란 집을 무겁고 낮게 떠다니던

한낮의 정적

그때 툇마루에서 듣는 시시시시 가볍게 스치는 소리

대나무 숲에서 아가 발걸음처럼 가볍게 사각거리는 소리

무료함을 달래주는 나지막한 속삭임

파란 댓잎들이 스스스스 가벼이 부대낀다

저희들끼리

그때

조금은 덜 외로웠다

소소하게 바람 불고

12. 바오밥나무 봉선화 (노을을 넘어가네)

땅 위로 뻗어간 밑둥치

나무를 뽑아 거꾸로 세운 듯

무척 색다른 생김새의

많은 것을 말해주는 대신

그냥 있는 그대로

큰 나무 둥치는 서른 명의 아름드리에도

닿지 않아

그 바오밥 나무까지야

두세 가닥의 인삼 하체로

봉퉁아리진 튼실한 줄기의

농가 앞 봉선화를 그리워하며

터벅터벅

노을을 넘어가네

13. 바오밥나무 봉선화 (일류가 아니라는 거)

그가 무대 위에서 인사를 했다. 키는 자그마했으나 군살 한 점 없는 얼굴과 체격이어서 날렵하게 보였다. 진한 자주색 재킷과 검정바지에 아이보리색 코사지를 재킷 위에 달고 노래도 곧잘 불렀다. 그의 몸짓과 움직이는 스텝은 무척 치밀한 계산으로 숙련된 티가 심하게 났다. 오히려 계산된 노련함이 신선함을 갉아먹었다. 눈썹은 무척 새까맣고 얼굴은 체격에 비해 약간 커 보였지만 살집이 없어서 큰 흠은 없었다. 하지만 사람의 외모는 전체적인 분위기에서 온다는 것을 교과서처럼 보여주고 있었다. 작은 키를 돋우기 위한 굽 높은 검정 구두 위로 군살 한 점 없는 다리와 엉덩이가 왠지 안쓰럽게 느껴졌다. 여성스러운 아이보리색 큰 코사지는 이상한 것은 아니었지만 피부가 까만 사람이 하얀 이를 드러내고 웃을 때 흰 이와 까만 피부가 서로 보완하지 못하고 제각기 튀는 거와 흡사하였다. 그래도 혼신을 다하여 노래 부르는 모습에 있는 힘껏 박수쳤다. 깎아 맞춘듯한 옷의 사이즈와 주름 접힌 부분 하나 없는 갓 다려진 정장 양복, 검정 바지와 진한 자주색 재킷의 딱 떨어지는 앙상블, 와이셔츠 색깔은 조금 연한 색깔 톤으로 안정감을 주었다. 여성스러운 코사지에 이목을 집중시키는 그의 외모는 ㄱ이 파마머리와 짙은 눈썹 진한 화장과 함께 묘한 분위기를 자아내며 아직은 가야 할 길이 멀다는 이정표로 읽혔다.

있는 그대로 신명 나게 즐기는 모습을 보여주었더라면

어떤 규격에 맞는 차림새와 노래가 아닌.

14. 바오밥나무 봉선화

꽃 같은 울 엄마가 추석날 밤 꿈속에 나타나셨다.
초라한 모습이었다

마음먹었던 산소에 부리나케 달려갔다.
먼저 아버지의 산소는
누가 돌보아 드린 것처럼 말끔하였다.
연노랑 국화 화분을 묘비 앞에 두고 흐뭇이
발걸음을 돌려 어머니께
맙소사!

이리 되어서 그토록 편치 않은 모습으로
꿈속에 보이셨구나.
송구스런 마음에 무덤 앞의
묘비석 좌우 두 그루의 나무가 잡초덤불로
뒤엉킨 것과 마른 가지는
다 꺾어내 버리고
무덤 위의 잡풀들도 잘라 내고
연보라 국화를 묘비석 앞에 놓으니
훤칠하게 다듬어진 주변이
어머니의 평소 모습을 대하는 듯

놀랍기도 하여라!

꿈속에 낯선 모습으로 찾아 주시어

미리 알려 주시다니

15. **바오밥나무 봉선화** (손톱에 봉선화 꽃물이 남아만 있어도)

앞날을 예시해주는 꿈

취직이 되기 전 1년 동안 좋은 꿈을 꾸었었다

흰 쌀밥을 큰 수저로 떠먹는 꿈을 자주 꾸었다.

그해 연말에 운명이 결정되었다.

선을 보고 난 후 스스로 판단하지 않아도 된다

알아서 꿈이 손을 잡아 이끌어 주니

이제는

호박마차에 태우거나 유리 구두를 사주면

고맙게 타고 신으면 되는 것이리니

남들은 손주 돌보느라 시달린 하루를 힘겨워할 때

호박색 대리석 기둥과 높은 천장에 매달린

수십 개의 백합 모양 샹들리에 아래에서

맘껏 신나게 춤을 출 것이다

유리 구두 대신 하양 고무신이라도

찰떡같이 달라붙어 빙빙 제대로 돌아가기만 한다면

봉선화 꽃물이 손톱에 하얀 초승달 크기만큼 남아만 있더라도

시계 종이

땡! 한 시를 치기 전에

16. 붉은 수수밭

똑 똑 똑

누구세요?

문 열어라, 엄마다

엄마 목소리가 아닌 걸요

아니야, 엄마가 피곤해서 목소리가 쉬었어

어디 손 내밀어 봐요

밀가루를 하얗게 바른 하얀 손

맞다, 엄마 손

엄마아!

어흐응~

살려 주시려거든 새 동아줄을 내려 주시고

아니면 썩은 줄을 내려 주소서

튼튼한 줄을 붙잡고 하늘로 올라간 남매는

해님과 달님이 되었다

썩은 줄을 내려받은 호랑이는 하늘에서

수수밭으로 쿵!

그때부터 호랑이 엉덩이 핏자국으로

붉은 수수밭 되었다네

난 어쩌면 좋아요?

17. 붕 어

아버지의 낚시 구력 오십 년
틈날 때마다 큰 바구니 메고 집을 나섰다
손이 걸어 바구니에 붕어들은 가득 실렸다
여름밤 모기 뜯기며 붕어 배를 따서
여러 차례 헹구어 큰 채반 여러 개에 나누어
모기장으로 둘러 씌어 햇볕에 널어 말렸다

어머니는 자잘한 붕어 시래기와 함께 매운탕으로
또 바짝 마른 붕어는 부대자루에 넣어 보관하셨다
이웃과도 많이 나누었다
어머니의 회한 서린 푸념 한마디
이 세상에 나와 지은 죄라곤 붕어 배 딴 죄밖에 없구나

18. 아소 님하 그 강을 건너지마오 2.

새벽 6시, 12월의 차가운 바람은 여명을 몰고 오지 못했다
깜깜한 어둠을 헤치고 진두항을 떠나 영흥도 바다를 저어 나갔다
불과 몇 분 후 불빛이 뒤쪽에서 반짝이더니 꽝 소리와 함께
갑판 후미에서 튕겨 나갔다
같은 배에 탔던 22명 중에서 겨우 일곱이 살아 돌아왔다
15명 중에는 형제가 함께 낚싯배에 올랐고 아버지를 위해
배를 짓고 있던 선장 아들이 아버지의 주검을 확인하였다.
낚싯배가 뒤집혔다는 뉴스에 노모는 그 자리에 주저앉았다
선체 내부에 공기가 남아 있는 에어 포켓에서 방수 핸드폰을 가진 사람이
10번 넘게 긴급전화를 했다. 이들 3명은 2시간 36분을 버틴 후에
가까스로 구조되었다.

선체 내부에 남아 있던 다른 한 사람도 깨진 창문을 통해 나와 구조되었다
낚시를 생각하면 가슴이 파닥인다던 어느 범부도 다시는 묵직한 손맛을
느낄 수 없게 되었다.
아소 님하 그 바다로 나가지 마오
아소 님하 그 낚싯배에 오르지 마오
아소 님하 그 차디찬 물 위에 둥둥 떠다니지 마오

19. 당인리 발전소

당인리 발전소

언제나 하늘에 시커먼 연기를 내뿜던

대각선 맞은편 깨끗한 골목길 옆 도로가엔

다소곳이 조그만 분식집

과일가게까지 달려 나와 전화 왔다고 알려 주던 서글서글한

착한 주인 아주머니가 계셨다.

말끔한 담장가에 붉은 줄장미 흐드러지게 넘쳐났고

하얀 마름모꼴 시멘트 블록 위를 또각또각 걸으며

빨간 구두 아가씨가 되어보기도 했다.

무심한 듯 키 큰 옥수수와 깻잎이 있던 흔한 공터

한적한 저녁이면 소소하게 바람 지나가던 하수동 빈 터

옥수수와 깻잎은 기억하는가

깨끗하게 흰 빨래처럼 빛나던 여름날 어떤 이의 새하얀 고무신.

20. 잭크와 콩나무

어릴 때 읽은 잭크와 콩나무

줄거리는 가물거려도

자고 나니 하늘에 닿았던

쑥쑥 커버린 콩나무

가슴은 설레임으로 쿵쾅 쿵쾅

하늘에 닿을 만큼 키 크는 콩나무 지금도 꿈꾸네

하늘에 닿는 기적의 콩나무

기어오르고 뛰어 내려도

꿈쩍 않는 아름드리 콩나무

황금알을 낳는 거위를 데리고 내려온 후

거대한 콩나무 도끼로 찍어 버려

뒤쫓는 거인들은 그대로 쿵쾅

설레어서 쿵쾅 쿵쾅

통쾌해서 쿵쾅

악당 거인들이 떨어져서 쿵쾅

지금은 나이 많은 조바심에

쿵쾅 쿵쾅 쿵쿵쾅쾅 쿵쾅쾅

21. 이상한 나라

세상이 빙글 빙글 돈다.

어지러워서 눈을 감는다.

너무 빨리 돌고 돌아서 침대의 난간을

필사적으로 움켜쥐고 있다.

목과 어깨 부위가 마비될 지경이다.

멈추고 싶다. 내리고 싶다.

이렇게 빨리 빙빙 도는 세상은 참말로 처음이다.

눈동자를 들여다본다.

다시 고개를 침대 바깥쪽으로 떨어뜨린다.

또 시작되는 팽이보다 빨리 도는 이상한 나라

아이들 놀이 공원에서 타 보았던 청룡열차보다 빠르다.

다시 눈동자를 들여다본다.

커다란 검정 비닐봉지가 입을 벌리고 있다.

당장에 한껏

배 속의 모든 것들이 후다닥

신경외과 의사와 간호사만 이해하는
세상이 있다.
빙글 빙그르 도는 어지러움을 안고
8시간 쪼그리고 앉아 있어야만 하는
이상한 나라가 있다.

그런
멀미와 구토는
우주선 안에서
화성에 갈 때쯤에나

22. 내가 바로 홍잠언이다 2 (내가 너를 나의 오른팔에 부치겠다)

울 사랑둥이 천재 잠언이~

신은 어느 날 예쁜 아가를 점지해 주고 싶어서 가장 합당한 곳을 찾아 나섰다네.

너무 뜨거운 사막의 나라도 아니고 찬바람이 휘몰아치는 시베리아도 아니었네. 봄에는 예쁜 꽃들로 사방천지가 미풍에 흔들리며 맑은 산바람을 쏘이는 한 골짜기였네. 겨울엔 흰 눈이 두껍게 쌓여서 조용한 산골의 고즈넉한 굴뚝 연기가 가지런히 하늘로 오르고 초여름엔 줄장미 향내가 울타리를 타고 뻗어나는 2011년 6월 3일에 믿음이 좋아 태명을 잠언이로 하고 온 식구가 둘러앉아 잠언서를 한 구절씩 돌아가며 읽고 난 후 잠들었네. 소박하지만 주님 보시기에 어여쁜 한 가정에 축복을 주시며 말씀하셨다. 그래, 넌 아름다운 대한민국의 물 좋고 공기 맑은 평창군 방림면의 인물 좋고 성실한 홍석우의 늦둥이로 태어나서 세계만방에 이름을 떨치거라. 노래·연기·사회자로 나라의 보물로 한평생 모든 이들에게서 사랑받는 사랑둥이 천재 홍잠언으로 잘 살거라

내가 너를 나의 오른팔에 부치겠다.

'내가 바로 홍잠언이다!'

23. 늦은 하루

청춘의 하루를 온전히 맞이하고 보내지 못한 사람에겐
이렇게 뜻있게 보내는 하루는 늦은 하루
20대에 느끼지 못했던
하루의 싱그러움과 소중함
깨금발로 나무 이파리들 하늘 구름을
올려다보는 신기함이라니

단풍나무 그늘 아래서
이파리들 사이로 언뜻 언뜻 내비치는 푸른 하늘
커튼 사이로 보이는 하늘보다 더 싱그러워
가벼운 바람도 풍선처럼 사알살 떠다니고

연두빛 초록으로 나무 이파리들 재잘거릴 때
실레임 데불고 오네
짙은 초록으로 물들어 갈 날들 기다리고 있음으로
장미 향기 큼큼 손잡고 둘레길 걸어갈
늦은 하루를
오늘도 깨금발로

24. 금요일 오후

새 떼 같은 아이들도 의자에서 후루룩 날아가 버리고
한 권의 열어 놓은 창문 너머로
날아오르는 가벼운 주말의 떠다님
그것은 낯익은 기다림
한 주를 무난하게 보냈다는 안심
이제부터 이틀 반 동안 틀에서 놓여난 적요
가볍게 흔들거리는 소나무 잔가지들
담장 너머 쌩쌩거리며 달리는 자동차 행렬
맨홀 뚜껑 덜컹거리는 소리도

아름다운 계절
4월의 끝 끄나풀 삼아
수려한 5월의 탄성 속으로
하늘거리는 시폰 원피스 걸음으로
꾹꾹 눌러 밟겠네

25. 그가 많이 아팠을 때

하루에 대 여섯 차례 토하고 설사했더란다. 전화 너머 목소리에 힘이 하나도 없었다. 기차를 타고 늦은 밤에 당도했다. 소파에 기대앉은 그의 모습, 얼굴이 하도 길게 보여서 모딜리아니 그림의 목이 긴 여인이 떠올랐다. 누렇게 뜬 고통이 길게 늘어져 있었다.

누룽지를 팍팍 끓여서 숭늉만 그릇에 담아 한 숟가락씩 입에 떠 넣어 주었다.

충분한 양의 숭늉이 위를 편안케 해주었다. 그날 밤 스르르 잠이 들었고.

다음 날 통통한 은갈치 여섯 도막을 고구마 줄기를 밑 깔고 고추장 양념으로 조려내었다.

원기 회복 링거를 둘이 함께한 다음 날, 정상으로 회복한 그를 남겨 두고 총총이…

26. 산다는 건

고래등 기와집에 연못이 파여 있는 모란과 작약이 흐드러진

팔각정 모정이 있는 대갓집 규수가 아니어도

핏빛 상사화로 피어난 이웃집 머슴의 상사병이 아니어도

새끼 원숭이가 실려 가는 배를 일천여 리를 뒤쫓아 간신히 배에 올랐으나

지쳐서 죽고 말았다는

어미 원숭이의 배를 갈라 보니 창자가 마디마디 끊어져 있었던

단장의 슬픔도 아니고

기차길 옆 오두막에서 키 크는 옥수수와 깻잎 사이로 들리는

소소한 바람 소리와 더불어 깨알같이 터져 나오는 웃음이 있으면 족하였다.

산다는 건.

27. 바 람

바람은 설레임을 마구 두드렸다. 가을 추수 때 깻단을 묶은 채 도리깨로 사정없이 패대듯이.

바람은 흘러가 버렸다. 아직 다하지 못한 그리움을 모른 체 남겨 두고

바람은 가벼이 떠다녔다. 다스리지 못한 마음 한 귀퉁이 잡아끌고서

바람, 바람, 바람

쓸어가 버릴 듯이

잠시 숨어 버릴 듯

둥둥 표류하듯

그러나 들과 산을 다 할퀴고

마음을 갈갈이 찢어 놓을 듯

그런 폭풍 같은 바람을 좋아한다네, 나는.

28. 그녀는 예뻤다

그녀는 30대 초반에 아이들의 엄마인 채

그림자처럼 살금살금 다가왔다. 싫지 않았다. 먼저 다가와서 초콜릿 같은

친절을 베풀고 게다가 조용하고 꾸준하기도 하다면

어둠처럼 다가와서 안개처럼 사라졌다.

그러나 그녀의 친절은 누구에게 온전히 예속되지 않고 자유로웠다.

콜셋을 거부하고 부드러운 둥근 배를 갈구하듯

친절을 무기 삼아 사람의 마음을 홀리는 잘 다듬어진 사냥꾼 같았다.

상대방의 진심을 이해하고 간직했으나 본인의 진심을 보인 적은 없었다.

처음엔 감탄했지만 누구에게나 고양이의 걸음으로 다가가서 상대의 마음을

훔치는 그녀의 관성에 조금씩 싫증이

왜 저렇게 모든 이들에게 사랑을 갈구할까?

오늘 어느 누구에게서 물 한 모금으로 목축이고 내일은 또

어느 누구로부터 뽀오얀 감자 한 알로 허기를 달래야 하나.

그래도 그녀는 예뻤다.

29. 지저분한 야채 칸

두어 달이 되었다. 야채 칸을 들여다보고 청소한 지

두어 달 전에 산 큰 무 두 개는 너무 커서 비닐에

쌓인 채 각각 다른 야채 칸에

당근 한 개는 비닐봉지 속에서 부패하기 시작했고

신문에 쌓인 큰 생강은 곰팡이가 피었고

반쪽의 자주색 양배추에서 잘라진 배추 조각은 그대로였지만

이미 비닐봉지 속에서 반쯤 물이 되어 버린 불그스레한 과일

깨끗이 다듬어 씻은 대파도 비닐봉지 속에서 상하기 시작했고

겉은 멀쩡한 참외 한 개, 작은 사과 두 알도 지체 없이 쓰레기통으로

배즙 팩 십여 개도

물컹한 질퍽한 액체가 흥건했다

들여다보지 않으니 그렇게 지저분한지도 몰랐다

어느 것이라도 가꾸고 돌보지 않으면 그런 것이었다.

싹 다

30. 여름은 늘

늘 풍성했다. 짙푸른 나뭇잎들이

가느다란 빈 병에 연두색 혹은 갈색의 여치를 잡아 넣기도 했지

땡볕에 무척 더웠어도 시원한 우물가에서 씻던 호박잎의 까칠한

잔털들이 무더운 더위를 설핏 달래 주었지

평상 옆에 이른 저녁 생풀과 마른 풀들 타닥타닥 타오르며

매캐한 연기와 냄새는 벌레들을 쫓아내고

풀 타는 냄새 좋았네, 콜록거리면서도

대바구니에 담긴 살찐 옥수수와 찐 감자들

특히나 찰수수를 좋아했어

가느다란 대에 수수 알곡들 알알이 쫄깃쫄깃 찐득거리던

어릴 땐 종종 시장에서 쪄서 팔던 찰수수, 그 후론 못 보았네

단수수대도 긴 것을 토막 내 칼로 벗겨 단물만 빨아 먹고

섬유질 가득한 줄기는 뱉어 내던

우리들의 여름은 대바구니로 한가득

여름은 늘

31. 리오넬 메시

2010년 남아프리카 공화국에서 열렸던 피파 월드컵 축구 경기
그땐 메시 존재에 대해서 알고 있었지만 그리스를 2대
0으로 우리가 이겼던 것에 흥분하고 기뻐했죠
뉴질랜드 어학연수 중 인터넷 사정이 좋지 않아 새벽 한두 시
10여 분 거리에 있는 큰 레스토랑으로 날마다 달려갔어요.
우리나라 경기뿐만 아니라 다른 나라 경기들도 무척 흥미로웠죠.

점쟁이 문어 파울이 큰 어항 속에 사각형 유리 그릇 안 각각 홍합
한 마리씩 넣고 유리 그릇 앞면에 국기를 붙여 놓는데 문어 파울이
사각 유리 윗면에 앉는 팀이 우승하는, 토너먼트 8경기에 앞서 예언한
족족 맞추어 스페인도 우승컵을 들게 되었죠.
그때는 축구 자체가 넘 재밌어서 44년 만에 본선 진출한 북한 팀과
다른 나라와의 경기도 눈을 떼지 못하고 보았죠.
그래요. 그랬어요.
메시의 매 경기관람에 진드기 같았던 2014년 브라질 월드컵
독일과 아르헨티나 결승전을 앞둔 전날 메시에게 마음의 꽃
한 송이를 바쳤죠.
내일 가슴으로는 메시의 아르헨티나 우승을 바라지만 머리로는
공·수 완벽한 전차군단의 우위가 점쳐지는 안타까운 심정이네요.
메시여! 그대는 이미 그대의 할 바는 다 했으니 내일의 결과에 연연하지
마시라. 그대는 더 이룰 것이 없이 다 이루었도다.

32. 두 번 다시

참을 수 없는 몇 가지 통증이 있다.

여름철 샤벳이라는 이름의 과일 쥬스를 빨대로 들이켰을 때

찌르르 전류처럼 느껴지는 두통과 견갑골 아래의 통증을 견디기 어렵고

일 년에 두어 차례 명치가 꽉 막히면서 마치 뜨거운 국물을 삼켰을 때

펄쩍 펄쩍 뛰듯 온몸을 비트는 손가락 다섯 개를 오므려서 명치를 눌러주며

느끼는 벹어지지 않는 통증이 있다.

그보다 더한

쓰리고 저리고 숨조차 쉴 수가 없는

시도 때도 없이

후벼 파고 쥐어짜는 멈추지 않는 통증이 있어

하얀 꽃상여에 덮혀 붉디붉은 상사화 언덕을 지나서야

끝이 나는.

33. 서른 셋

서른 셋

설레는 기억이 있다

세상의 공기는 은빛 날개를 달고 떠다녔다

세상의 초록 이파리들은 꼬마전구를 달고 빛을 뿜었다

세상의 바닷물은 하얀 포말을 일으키며 길길이 날뛰었다

세상은 일곱 난장이가 되어서

숲속의 요정 백설 공주에게 충성을 맹세했다

서른 셋

설레는 기억이 있다

아버지는 담요를 둘러쓰고

베란다에서 막내딸의 늦은 귀가를 마중하고 있었다

어머니는 매일 새로운 반찬으로 도시락의 풍어가에

빛나는 작살을 꽂아 주셨다.

서른 셋
설레는 기억이 있다
여고생들은 마치 T.V에서 여배우를 본 적이 없는 듯
열광했다.
시간마다 탁자 위에 익명의 연애편지가 수북했다.
정년 은퇴 전에 무료 수임 변호사에게
500여 통 편지를 책 발간이 가능한지
묻는 사람에게
오히려 편지 쓰라는 숙제를 내주었는지를 묻고 있었다

서른 셋
설레는 기억이 있다

6.

시작품 평론

호병탁 (시인·문학평론가)

소소한 바람이 스치는 '옥수수와 깻잎'의 무한한 평화

호병탁(시인·문학평론가)

I

두 해 전 필자는 이정미의 시집 『바오밥나무 봉선화』의 발문을 「리좀적 사고로 확장되는 놀라운 시의 세계」라는 제목으로 쓴 일이 있다. 나는 이 글에서 시인의 작품들이 불확정성, 비결정성, 다원성, 상대성 등 모더니즘의 특성을 보여주고 있는 동시에 '탈脫중심화'에 의거한 자기반영적·존재론적 특성, 그리고 상호 텍스트성이란 포스트모더니즘의 특성 또한 여실히 보여주고 있다고 언급한 바 있다.

이번에 상재되는 시집 『햇살 따라 봉선화』에 수록된 작품들도 시인 특유의 그런 특성들이 여전히 드러나고 있다. 「바오밥나무 봉선화」라는 시제가 붙은 작품들도 여럿 등장한다. 더구나 우리를 놀라게 했던 '봉퉁아리'나 '몇 가닥 인삼 하체'와 같은 유별난 어휘들도 눈에 띈다. 마치 두 시집이 병렬로 연결되어 접속하고 있는 것이 아닌가 하는 느낌이 들 정도다.

그러나 확실한 것은 시인이 엘리트문화와 대중문화 사이의 '간격을 좁히고', 중심과 주변의 '경계를 부수는' 작업에 관심을 갖고 있다는 점이다. 시인은 그런 간격과 경계에서 비롯된 '차이'가 어떤 본질에서 비롯된 것이 아니라 지배 계층의 이념이 만들어 낸 것으로 간주하고 있는 것 같다. 그래서 시인은 경계를 부수고 중심에서 벗어나 대중과 함께 호흡하고자 하는 작법태, 즉 포스트 모더니스트의 태도를 견지해나가고 있는 것이 아닌가.

1.

앞날을 예시해주는 꿈

그다음 날 혹은 며칠 후

안 좋은 꿈은

특히나 더

희한하다, 꿈이

잃어버린 어머니를 찾아 애타게

가까스로 연결되어 목소리를 확인하기까지

아침에 눈 떠서 무슨 일에 해당될까

헤아려 보려 하나 도통 떠오르지 않아

선을 자꾸 보자는 연락을 오후에

밤엔 시 원고를 응모한 출판사에서, 놀랍게도

취직이 되기 전 1년 동안 좋은 꿈을 꾸었었다

흰 쌀밥을 큰 수저로 떠먹는 꿈을 자주 꾸었다.

그해 연말에 운명이 결정되었다.

선을 보고 난 후 스스로 판단하지 않아도 된다

알아서 꿈이 손을 잡아 이끌어 주니

이제는

호박마차에 태우거나 유리 구두를 사주면

고맙게 타고 신으면 되는 것이리니

남들은 손주 돌보느라 시달린 하루를 힘겨워할 때

호박색 대리석 기둥과 높은 천장에 매달린

수십 개의 백합 모양 샹들리에 아래에서

맘껏 신나게 춤을 출 것이다

유리 구두 대신 하양 고무신이라도

찰떡같이 달라붙어 빙빙 제대로 돌아가기만 한다면

봉선화 꽃물이 손톱에 하얀 초승달 크기만큼 남아만 있더라도

시계종이

땡! 한 시를 치기 전에

—「바오밥나무 봉선화 13」 전문

봉선화는 우리나라 사람 누구에게나 익숙한 높이 60cm 정도의 한해살이 풀이다. 많은 사람이 그 꽃잎으로 손톱에 붉은 물을 들이던 정겨운 기억을 간직하고 있는 꽃이기도 하다. 그런데 '바오밥나무'는 무엇인가. 이 나무를 모르는 독자들의 이해를 돕기 위해 약간의 설명이 필요할 것 같다. 솔직히 필자도 시인의 전작前作 『바오밥나무 봉선화』 시집을 보기 전까지는 전혀 모르던 나무 이름이었다. 이 나무는 높이 20m, 둘레 10m의 아프리카에 자생하는 거대한 나무로 수령이 1,000~5,000년이나 된다고 한다. 마침 시인은 이 나무의 형상을 동일한 시제의 작품에 소개하고 있다. "땅 위로 뻗어간 밑둥치/ 나무를 뽑아 거꾸로 세운 듯"(「바오밥나무 봉선화—노을을 넘어가네」)이란 표현에 나타나듯 나무의 형상은 매우 독특하다. 밑둥치는 '땅속'으로 뻗어가게 마련이다. 그런데 이 나무의 것은 '땅 위'로 뻗어간다. 그래서 "나무를 뽑아 거꾸로 세운" 것 같다고 하는 게 아닌가. 같은 작품에서 시인은 "큰 나무 둥치는 서른 명의 아름드리에도/ 닿지" 않는다며 "두세 가닥의 인삼 하체로/ 봉통아리진 튼실한 줄기"라고 이를 설명하고 있다. 이제 여러 작품에 견인되고 있는 두 식물 '바오밥나무와 봉선화'에 대해서는

식물학적 전문성은 미흡해도 그 크기, 수령, 생장지역 등 일반 속성은 이해되었을 것으로 본다.

2

위 시에는 '손톱에 봉선화 꽃물이 남아만 있어도'라는 부제가 달려 있다. 참으로 정감 있는 말이다. 그러나 이 작품이 우리의 정서를 보듬는 서정시가 된 것이라는 예단은 금물이다.

3연 28행으로 구성된 이 작품은 "앞날을 예시해주는 꿈"이란 문장으로 문을 연다. '예시'는 미리 보여주거나 알려주는 것으로, 화자는 그것이 "그 다음 날 혹은 며칠 후"에 이루어질 것으로 알고 있다. 특히 "안 좋은 꿈은" 그 일어날 일에 대한 예시가 꼭 맞아떨어질 것으로 믿고 있는 것 같다. 화자는 애타게 "잃어버린 어머니를" 찾다가 "가까스로 연결되어 목소리를 확인"하는 꿈을 꾼다. 아침에 일어나 무슨 일이 일어날까 "헤아려 보려 하나 도통 떠오르지" 않는다. 그런데 오후에는 "선을 보자는 연락을" 받고 밤에는 "시 원고를 응모한 출판사에서" 연락을 받는다. 여하튼 꿈의 예시는 현실에서 일어났다. 그리고 첫 연은 끝이 난다.

우리는 선을 본 결과를 알 수 없다. 출판사에서는 어떤 연락을 받았고 또 그 결과는 어떤 것인지도 알 수 없다. 그러나 화자는 다짜고짜 다음 연에서 "취직이 되기 전 1년 동안", "흰 쌀밥을 큰 수저로 떠먹는", "좋은 꿈을 꾸었었다"고 시간을 거꾸로 돌려 과거의 꿈을 언급한다. 그리고 "그해 연말에 운명이 결정"되었다고 말하지만, 우리는 결정되었다는 그 운명 또한 어떤 것인지 알 수가 없다. '좋은 꿈'의 결과이니 아마도 '좋은 데' 취직하여 '좋은 삶'을 계속해왔을 것이라고 짐작이나 할 뿐이다.

이어 화자는 '꿈'이 알아서 "이끌어 주니", "이제는" "선을 보고 난 후 스스로 판단하지 않아도" 된다는 의외의 발화를 끄집어낸다. '이제'는 '지금'을 뜻한다. 시간은 다시 현재로 돌아온 것이다. 그런데 스스로 판단하지 않아도 되는 것은 "호박마차에 태우거나 유리 구두를 사주면/ 고맙게 타고 신으면" 그만이기 때문이라며 둘째 연을 마감한다. '사주면'은 조건부의 말이다. 만약 '사주지 않으면' 또 어찌 될 것인가. 고개가 갸우뚱해진다.

우리는 여기까지 읽으며 작품구성에 있어 논리적 일관성과 유기적 통일성이 배제되고 있음을 간파하게 된다. 즉, 시·공간에 대한 현실적 사고는 버려지고 대신 '꿈'의 내면에 담긴 여러 기억과 연상이 표출되고 있는 것이다. 하기야 '의식의 흐름' 같은 꿈 얘기에 논리적 설명을 가한다는 것은 무리다. 그리고 이 작품이 바로 그런 꿈 얘기가 아닌가.

또한, 눈치 빠른 독자라면 '호박마차'나 '유리 구두'라는 어휘의 등장에 이미 이 텍스트가 외부의 텍스트와 연결고리를 맺고 있음을 눈치챈다. 즉, 포스트모더니즘의 대표적 특성 중의 하나인 '상호텍스트성'을 감지하게 되는 것이다.

작품에 담긴 위 두 가지 특성은 셋째 연이자 마지막 연에서 좀 더 구체화된다. "호박색 대리석 기둥과 높은 천장에 매달린/ 수십 개의 백합 모양 샹들리에 아래", 유리 구두를 신고 "맘껏 신나게 춤을" 춘다는 묘사는 화려한 '궁정 무도회'에서 지복의 한때를 즐기고 있는 아가씨의 모습이 눈에 보이는 듯 선연하다. 이처럼 아름답게 묘사되는 궁정연회의 정경을 보며 우리는 금방 「신데렐라Cinderella」 이야기를 떠올리게 된다. 작품은 「신데렐라」와 상호텍스트성의 관계를 가지고 있는 것이다.

그런데 위 시는 신데렐라처럼 해피엔딩으로 진행되는 것인가? 언급된 대로 논리적 일관성이 결여된 문장구성은 독자의 판단을 어렵게 만든다. 우리는 첫 연에서 화자가 "안 좋은 꿈"을 말했음을 안다. 꿈 내용을 좀 더 정확히 분석해 보자. 화자는 "잃어버린 어머니를 찾아 애타게" 헤맸지만 "가까스로 목소리를 확인"했을 뿐이다. 이 말은 서로 대면하고 손잡는 '재회의 기쁨'은 갖지 못했다는 말과 같다. 그래서 '안 좋은 꿈'이 되는 것 아닌가. 그렇다면 신데렐라와 같은 행복한 결말은 가질 수 없다. 더구나 화자는 "남들은 손주 돌보느라" 시달릴 때라고 말하고 있다. 신데렐라 같은 '어린 아가씨'가 아니라는 소리다. 또한, "유리 구두 대신" 고무신이라도 "제대로 돌아가기만 한다면", "봉선화 꽃물이 손톱에 하얀 초승달 크기만큼 남아" 있다면 이라고 조건의 단서를 달고 있다. 이런 단서가 충족되어야 비로소 신데렐라처럼 행복해질 수 있다는 것이다. 그러나 그 꿈속의 행복마저 "시계종이/ 땡! 한 시를 치기 전"까지라는 한계의 선을 그으며 작품은 문을 닫는다.

3

시는 끝났다. 그리고 대략적인 독서도 끝난 것 같다. 그러나 우리에겐 여전히 많은 의문이 남아 있다. 신데렐라 이야기는 이 작품과 어떤 연관을 갖는 것이며, 그에 담긴 함의는 무엇인가? 또한, 시인은 작품을 통해 독자에게 무엇을 들려주려고 하는가?

작품은 독서 행위를 거쳐 독자의 의식 속에 '재정비'되어 구성되는 것이라 할 수 있다. 지금까지의 독서는 작가가 텍스트에서 의미하는 것은 무엇인가, 즉 작가의 의도는 무엇인가를 밝히려는 시도로 일관되어왔다고 해도 과언이 아니다. 그러나 작가가 마치 텍스트 속에 특정 의미를 감추어 두었다는 듯이 파헤쳐보려는 작품 해석의 방향은 재고할 필요가 있다. 물론 텍스트는 어떤 의미를 지니고 있지만 동시에 그것은 하나의 경험이기도 하다. 경험의 유발 과정에서 의미론적 요소들이 큰 역할을 하는 것은 사실이지만 텍스트 자체가 오직 하나만의 의미를 감추고 있는 문서에 불과한 것은 아니다.

텍스트 안에서 작가의 의미를 발견하지 않으면 안 된다는 주장은 예술작품이란 '진리의 현현양식'이라는 고전주의적 견해다. 이에 의하면 하나의 작품 내에는 하나의 사실적 의미가 현존해야 한다는 것으로 진리란 이중적 의미가 될 수 없기 때문이다. 그러나 현대에서는 '진리의 현현'이라기보다는 '경험의 중재'라는 생각이 많다. '경험' 역시 '진실'인 것이며, 특히 이 경험적 진리는 근본적으로 '독자가 스스로 작품을 생명으로 일깨울 때' 느낄 수 있는 것이다.

따라서 독서 상황이나 태도의 차이에 따라서, 또한 지식수준이나 가치평가관의 차이로 인해 독자마다 그 의미구성은 달라질 수 있다. 이 말은 즉 '주관적이고 상대적인 작품해석'의 현실성을 인정해야 한다는 것이다. 이 점을 전제로 하고 '나'라는 독자의 견해를 개진해 보기로 한다.

같은 여자지만 수십 개 "샹들리에 아래에서/ 맘껏 신나게 춤을" 추는 여자와 "손주 돌보느라 시달린 하루를 힘겨워"하는 여자와는 천양지판이다. 같은 신발이지만 "유리 구두"와 "하얀 고무신"도 마찬가지다. 마치 같은 식물이지만 '봉선화'와 '바오밥나무'와의 관계와도 같다. 비록 꿈속일지라도 이들 두 가지의 모든 속성은 전혀 다르다. 그럼에도 시인은 같은 작품 안에서 이 두 가지를 연결하여 집합적 이미지로 결합시키고 있다.

신데렐라 이야기는 계모와 이복언니에게 핍박받는 소녀가 희망과 꿈을 포기하지 않고 착하게 살다가 결국 초자연적인 힘의 도움을 받아 왕자와 결혼하여 행복하게 살게 된다는 것이 요지다. 이런 '희망과 꿈에 관한 이야기'는 어렵고 고난받는 환경에 있는 사람, 특히 여성에게 어떤 우연한 힘을 발휘하는 사건이 삶을 영원히 더 나은 방향으로 변화시킬 것이라는 희망을 던져준다. 따라서 이 모티프는 오랜 역사와 함께 여러 분야의 문화예술에 영향을 미쳐왔다. 지금도 착하고 예쁜 여자가 고난을 겪으면서 살다가 '왕자', 달리 말하자면 '부유하고 사회적 신분이 높은 남자'를 만나 행복하게 된다는 플롯은 드라마, 영화, 만화 같은 대중문화에서 '상투적 줄거리'로 널리 채택되고 있다.

시인은 경계를 부수고 중심에서 벗어난 작품을 깎아내고자 하는 사람이다. 즉 전통적 고정관념을 탈피하고 전형적 표현 방식을 배제하는 작가란 말이다. 시인도 우리 대중문화에서 여자 주인공의 클리셰cliche가 점증되어 가는 것이 병폐라는 것을 잘 인지하는 사람이다. 이런 사람이 클리셰로 가득 찬 신데렐라의 모티프를 자신의 작품에 그대로 끌어드릴 것인가? 아니다. 이미 인용된 작품에서 보는 것처럼 전형적 수법이나 표현은 그에게 거리가 멀다.

'신데렐라 콤플렉스'라는 말이 있다. 자립 의지를 포기하고 소위 '백마 탄 왕자님'을 만나 인생의 극적인 변화를 추구하는 심리를 빗대어 이르는 말이다. 즉 보호받고자 하는 욕구의 충족을 통해 자신의 현재와는 전혀 다르게 잘 사는 미래를 꿈꾸는 심리로 쉽게 '공주병' 비슷한 증세라고 보면 된다. 병적으로 발전하면 '의존성 성격장애'가 된다. 시인은 바로 이런 콤플렉스를, 작품 행간에는 직접 드러내지는 않지만, 차디찬 눈길로 바라보고 있다.

사실 신데렐라가 자신의 처지를 개선하기 위해 스스로 할 수 있는 일은 거의 없으며, 그녀를 구원하는 사람은 사회적으로 강한 힘을 가진 왕사나. 따라서 이 서사는 여성의 자립심을 도외시하고 남성에 대한 의존을 강조한다는 평가가 있는 것이 사실이다. 나아가 여성에게 인내와 복종을 요구하는 반페미니즘의 메시지를 상징한다는 논란도 있다. 실제로 이 이야기에는 여성의 사회·정치·법률적 권리 확장에 관한 어떤 주장도 발견할 수 없다. 이를 포스트 모더니스트인 시인이 과연 옹호할 것인가?

4

허기야 청취자, 독자, 시청자들 모두가 여주인공에게 마법 같이 다가오는 행복에 매혹되는 것이 사실이다. 인간은 누구나 행복하기를 원하고 또 그렇게 해 줄 '은인'을 원한다. 이 이야기가 대중적인 호소력을 갖는 이유다. 그래서 그런가. 전 세계적으로 같은 모티프의 이야기가 1,000개도 넘는다고 한다.

시인도 우리와 같은 인간이다. 당연히 그도 행복한 삶을 원할 것이다. 그러나 초자연적인 도움을 받아 백마 탄 왕자를 만나 이루어지는 행복에는 손사래를 친다. 그래서 '샹들리에 아래 춤추는 여자'에 '손주 돌보느라 힘겨워하는 여자'의 현실을, '유리 구두'에 '하양 고무신'의 현실을 대비시켜 같은 작품에 견인하고 있는 것이 아닌가? 시인은 스스로 맞부딪치며 성취하고자 한다. 이런 속내가 잘 드러나는 작품이 있다.

바람이 불면 방죽에 나갔어요
머리칼을 갈갈이 휘젓고 얼굴에 사정없이 부딪히는
폭우를 동반한 미친 바람이 좋았네요
우산이 발랑 뒤집혀서 대나무로 된 대 위에 붙어 있던 파란 비닐이
아무짝에도 쓸모없이 허우적거리던
빨간 우산 파란 우산 찢어진 우산
동요 가사에도 정답기만 하던
영국 엘리자베스 여왕은 항상 모자를 써
영화에서도 서양 귀족 부인들은 파티에서 항상 모자를 쓰지
마음에선 한바탕 미친 바람처럼 살고 싶었으나
이러지도 저러지도 못한 채

남색의 너른 챙을 바탕으로 예쁜 하늘색의 여섯 겹 리본을 가운데 잘록

묶으니 열두 겹 커다란 꽃송이가 탄생한

해외 직구의 여성용 드레스 스타일 고급진 썸씽 스페셜 햇

—「모자」 전문

화자는 "우산이 발랑 뒤집혀서" 우산 대 위의 "파란 비닐이/ 아무짝에도 쓸모없이" 날려도, "머리칼을 갈갈이 휘젓고 얼굴에 사정없이 부딪히는/ 폭우를 동반한 미친 바람"을 그대로 맞고자 한다. 세찬 비바람도 기꺼이 정면으로 맞닥뜨리고자 하는 이런 의지는 다른 시에서도 반복하여 나타난다.

"들과 산을 다 할퀴고/ 마음을 갈갈이 찢어 놓을 듯/ 그런 폭풍 같은 바람을 좋아한다네, 나는."(「바람」)

여기에서는 아예 화자 자신이 "그런 폭풍 같은 바람을 좋아"한다고 실토하고 있다. 이처럼 비록 현실이 자신의 마음을 '할퀴고' '찢어'도 화자는 피하려 들지 않는다. 이는 물론 우연한 행운을 바라지도 않고, 동시에 자립 의지를 포기하지도 않는다는 의연한 자세와 같다.

시인은 인용된 시에서도 강한 대비 효과를 발하는 대상을 견인한다. '모자'는 원래 예의를 갖추거나 추위·더위를 막기 위하여 머리에 쓰는 물건이다. 그러나 "서양 귀족 부인들"이 "파티에서 항상 모자"를 쓰는 것은 오직 멋을 내기 위함이다. 시인은 이 모자에 대해 여성만이 표현할 수 있는 아름답고 섬세한 묘사를 한다. "남색의 너른 챙을 바탕으로 예쁜 하늘색의 여섯 겹 리본"을 묶어 "열두 겹 커다란 꽃송이"를 단 모자다. 참 멋진 모자다.

어떤 머리 위에는 '하늘색 꽃송이를 단 모자'가 씌어있고 어떤 머리 위에는 바람에 '찢어진 우산'이 씌어있다. 강력한 대비다. '봉선화'와 '바오밥나무', '유리 구두'와 '하얀 고무신'의 관계 이상이다. 이런 대비는 아이러니 효

과의 발생으로 시인이 사유하는 태도와 관념을 더욱 선명하고 강하게 발현시키는 역할로 작동한다.

5

이제 시인이 신데렐라 이야기를 상호텍스트로 작품에 견인한 이유와 그에 담긴 함의는 대충 파악한 것 같다. 한 마디로 여성으로서의 '자립 의지'를 굳게 지켜나가겠다는 의연한 태도와 자세라고 할 수 있다. 그런데 독서 과정에서 시인의 특별한 시작법의 하나가 주목된다. 언급한 것처럼 그것은 강한 대비로 인한 아이러니의 발생 효과다. 우리는 이미 '춤추는 아가씨'와 '손주 돌보는 할머니', '유리 구두'와 '고무신', '꽃 달린 모자'와 '찢어진 우산' 등 서로 대척점에 위치하는 말의 여러 예를 보았다. 이는 이정미 시 세계 변화 과정의 한 지표로도 보인다. 그냥 넘어갈 수 없다.

당인리 발전소
언제나 하늘에 시커먼 연기를 내뿜던
대각선 맞은편 깨끗한 골목길 옆 도로가엔
다소곳이 조그만 분식집
과일가게까지 달려 나와 전화 왔다고 알려 주던 서글서글한
착한 주인 아주머니가 계셨다.
말끔한 담장가에 붉은 줄장미 흐드러지게 넘쳐났고
하얀 마름모꼴 시멘트 블록 위를 또각또각 걸으며
빨간 구두 아가씨가 되어보기도 했다.
무심한 듯 키 큰 옥수수와 깻잎이 있던 흔한 공터
한적한 저녁이면 소소하게 바람 지나가던 하수동 빈 터

옥수수와 깻잎은 기억하는가

깨끗하게 흰 빨래처럼 빛나던 여름날 어떤 이의 새하얀 고무신.

—「당인리 발전소」 전문

홍대에서 한강 쪽으로 '당인리 발전소'가 있다. 서강대교와 양화대교 사이에 위치한 '서울 화력 발전소'를 일상적으로 이르는 말이다. 수도권 전력보급과 근대산업발전에 중추적 역할을 한 곳으로 2013년 '서울의 미래유산'으로 등재되기도 했다. 그러나 화력발전소다. "언제나 하늘에 시커먼 연기를 내뿜던" 곳이었을 것은 당연하다. 그 크고 높은 굴뚝에서 뭉클뭉클 뿜어져 나오는 연기는 생각만 해도 눈살이 찌푸려진다.

그런데 발전소의 "대각선 맞은편 깨끗한 골목길"에는 "다소곳이 조그만 분식집"이 있었고 "달려 나와 전화 왔다고 알려 주던 서글서글한/ 착한 주인아주머니가 계셨다." "말끔한 담장 가"에는 "줄 장미 흐드러지게" 피었고, 화자는 그 아래 길을 "빨간 구두 아가씨가 되어" "또각또각 걷기도 했다." 장미꽃 핀 깨끗한 골목길의 정경은 찌푸려졌던 우리의 눈살을 절로 펴지게 한다. 게다가 "한적한 저녁이면 소소하게 바람 지나가던 하수동 빈 터"에는 "무심한 듯 키 큰 옥수수와 깻잎이" 평화롭게 흔들리고 있었다. 눈살이 펴지는 정도가 아니라 우리의 입가에는 이제 미소가 감돌게 된다.

화자는 작품 마지막에 '옥수수와 깻잎'을 친구처럼 부르며 "깨끗하게 흰 빨래처럼 빛나던 여름날 어떤 이의 새하얀 고무신"을 기억하느냐고 묻는다. 시는 끝이 났다.

독서 진행 중 우리는 스스로의 변화를 느끼며 놀라게 된다. 그 놀라움은 시커먼 연기를 뿜어대는 '화력발전소'의 이미지와 깨끗한 골목, 그리고 옥수수와 깻잎이 흔들리는 평화로운 정경의 이미지가 너무 강하게 대비되기 때문에 발생된 놀라움이다. 특히 '흰 빨래처럼 빛나던 새하얀 고무신'이라는 뛰어난 비유는 그 신선한 심상으로 놀라움의 효과를 배가시키고 있다.

시인은 다른 작품에서도 유사한 상황을 연출한다. 시인은 "전화벨 소리가 울리면 그의 걸음걸이가 떠"오르고, "청기와 주유소가", "하수동 빈 터의 옥수수와 깻잎이" 생각난다고 말한다.(「전화」) "그의 걸음걸이"에서의 '그'는 새하얀 고무신을 신은 '어떤 이'가 아닐까?

홍대역 앞 '청기와 주유소'도, 상수동에 합병된 '하수동'도 실제로 발전소 인근에 있던 곳들이다. '하수동'이란 동명은 '물가의 아랫목 마을'이라고 하여 붙여진 좋은 이름이다. 그런데 '하수下水'는 집이나 공장 등에서 쓰고 버리는 더러운 물을 의미하기도 한다. 발전소에나 어울리는 어감이 좋지 않은 말이다. 그래서 상수동에 통합된 것이 아닌가. 그럼에도 "한적한 저녁이면 소소하게 바람"이 지나가고 "옥수수와 깻잎"이 한들대던 아름다운 공터가 있는 곳이었다. '하수'라는 명칭과 이 서정 넘치는 장소는 또한 강한 대조를 이룬다.

여기서 우리는 작품 간의 상호텍스트성을 자연스럽게 인지하게 된다. 그러나 더 주시되는 것은 작품 전반과 후반의 강력한 대조로 인한 '아이러니'의 작동이다. 근래에 와서 문학연구가들은 작가 태도의 지표라고 할 수 있는 문체, 그 중에서도 특별히 아이러니의 다의미적 언어사용에 관심을 갖고 있다. 이는 넓은 의미로 해석하면 축소, 과장, 대조, 동음이의어에 의한 펀pun, 패러디, 역설paradox, 불합리한 농담, 조롱, 조소 등이 모두 포함된다. 시인은 아예 작품 전체에서 이를 작동시킨다. 악몽 같은 검은 연기가 뭉게뭉게 쏟아져 나오는 화력발전소는 이상향과 같은 서정성 넘실대는 장소로 변모하고 있지 아니한가. 우리는 일상의 규격화된 상투성에 빠져 살고 있다. 즉 현실 인식이나 지각이 습관화되고 자동화되어 있다는 말이다. 그러나 시인이 구사하는 아이러니는 습관적으로 당연시되고 간과하는 사물이나 정황을 새롭게 갱신시킨다. 예술의 존재목적은 무엇인가? 우리 삶의 지각을 회복시키고 사물에 대한 생생한 감각을 갖게 하는 것이 아닌가. 관련된 작품 하나 더 보자.

기찻길 옆 오두막에서 키 크는 옥수수와 깻잎 사이로 들리는
소소한 바람 소리와 더불어 깨알같이 터져 나오는 웃음이 있으면 족하였다.
산다는 건.

—「산다는 건」 전문

시인은 '옥수수와 깻잎'에 큰 의미를 부여하는 것 같다. 대단할 것은 없는 이 두 식물은 이제 시인의 사유 속에서 '삶의 의미'를 인식하는 대상으로 확대되고 있다. '소소한 바람 소리'와 '옥수수와 깻잎'은 위 작품에서도 등장한다. 시인은 거기에 "깨알같이 터져 나오는 웃음"을 덧붙인다면 "산다는 건" 족하다는 의외의 발화를 터뜨린다. '깨알 같은 웃음'은 그야말로 '소소한' 웃음이다.

맞는 말이다. 비록 화력발전소 아래 동네지만 "전화 왔다고 알려 주던" 착한 아주머니가 있고, "장미 핀 골목길이 있고", 바람 지나가는 공터에 "옥수수와 깻잎이" 흔들리고 있다면 그것들은 얼마든지 작은 웃음, 즉 작은 행복을 유발시킬 수 있다. 시인은 현대 과학의 교시를 따르는 것도, 종교적인 기적관을 따르는 것도 아니다. 그러나 꽃 피고 깻잎 흔들리는 자연 현상의 연계와 조화에 대한 감사와 경외의 마음을 지니고 있다. 그리고 거기에서 유발되는 작은 행복들은 '산다는 것'의 의미를 충분히 느끼게 할 수 있다고 자신에게 또한 우리에게 깨우치게 하고 있다.

좋은 독서였다. 계속되는 건필을 기원한다.

Ⅱ

시인은 이번에 시집 원고와 함께 놀랍게도 증조부, 조부, 부친, 오라버니의 시편들까지 보내왔다. 선대의 문학정신을 계승하고 곧 발간될 자신의 작품집과 함께 그분들의 시편들도 세상에 알리고자 하는 갸륵한 마음의 발로라고 생각된다.

1

그런데 증조부와 조부의 시는 '한시漢詩'다. 당장 번역의 문제가 대두된다. 번역을 통해서도 절실한 의미전달이 되는 글이 훌륭한 글이라는 말이 있지만 어디까지나 그것은 산문을 두고 하는 소리다. 오히려 근대 서정시를 말할 때는 번역되기 힘든 시일수록 좋은 작품이란 말이 맞다. 번역을 통과하며 우리말로 대체 설명하는 과정에서 잃어버리게 되는 부분이 시의 핵심이 되는 경우가 많기 때문이다. 그럼에도 우리는 번역을 시도하고 글을 향유하려 한다. 소실된 부분을 아쉬워하며 남아 있는 골격을 더듬어 보는 것이다. 그러나 원어로 공부하는 사람을 위한 '주석적 번역'의 단계에 자족하는 것은 금물이다. 번역시라는 점을 굳이 상기하지 않고서도 최소한 시로서 즐길 수 있는 됨됨이를 가지고 있어야 할 것이다. 이런 점을 유념하며 두 분의 한시 몇 편을 독서하기로 한다.

山家靜闃如僧房

只有茶煙細襲香

對卷黙思悠久理

費而隱處渺無量

—「閒吟」

이 글을 쓴 분은 이기형(李起亨, 號: 錦川) 선생으로 시인의 증조부가 되는 사람이다. 유작으로 『금천시집錦川詩集』이 있고 한학자로 문하에 제자들이 많았다고 한다.

작품의 제목 「한음閒吟」에서 '閒'은 '틈, 사이'라는 의미고, '吟'은 '읊다' 또는 '노래나 시'를 뜻하기도 한다. 그렇다면 이 말은 '잠시 사색하며 읊은 시' 정도가 될 것이다.

위 시는 한 구가 일곱 글자씩으로 된 네 줄의 한시, 즉 '칠언절구七言絶句'다. 금천의 시는 가끔 일곱 글자씩 여덟 줄로 된 '칠언율시七言律詩'도 눈에 띠지만 거의 모든 작품이 칠언절구로 구성되고 있다.

시의 번역은 '사랑의 노동'이어야 한다. 시인의 시 세계에 끌리고 공감하여 자신이 시를 쓰듯 작업을 해야 한다는 말이다. 따라서 앞서 언급한 것처럼 번역된 시도 최소한 시로서 즐길 수 있는 운율과 율격을 가지고 있어야 할 것이다. 이 한시를 우리말로 번역하면 대충 아래와 같다.

산속 집 문지방이 승방처럼 고요하네.

차 달이는 연기에 차향이 감도네.

묵묵히 책 펼쳐 깊은 이치 생각해보니

그 본체 깊고 묘하여 헤아리기 어렵네.

수행하는 스님이 계시는 곳이 번잡하고 시끄러울 일은 없다. 산속의 작은집 문지방이 스님이 계시는 방처럼 고요하기만 하다. 그곳에는 차 달이는 연기와 차향만이 감돌고 있다. 참으로 맑고 담박한 정경이 아닐 수 없다. 시인은 혼자 책을 펼쳐놓고 앉아 깊은 이치를 사색하고 있다. 그러나 그 이치가 깊고 묘하여 헤아리기 어렵다고 겸양의 혼잣말을 하며 시를 끝낸다. 속되지 않은 청담淸淡한 인품이 느껴진다.

시인은 "늙었어도 등불 가까이 책을 펴고/ 몽당붓 잡아 벼루에 먹도 가는(旣將禿筆硯邊臨 翁執斷篇燈下近)" 사람이다.(「몽당붓에 시 한 수를」) 또한 "달 보려는 마음에 물가에 서고/ 거문고 소리 들으려 오동을 심는(看月精神先近水 聽琴意志預栽同)" 사람이기도 하다.(「달밤을 거닐며」) 그야말로 청정한 심성의 선비로 스스로 깨닫고 스스로 수행하는 '자오자수自悟自修'의 정신자세를 보여줌으로써 지금도 그의 글을 대할 때 절로 우리의 옷깃을 여미게 한다.

2

시인의 조부가 되는 이강희(李康熙, 號:愚石 1896~1969) 선생은 용담공립보통학교, 전주농업학교를 졸업하고 40여 년의 오랜 공직생활 끝에 1956년 전북 완주군 농회장으로 59세에 퇴임한 분이라고 한다. 20세를 전후하여 한시 300여 수가 수록된 시집 『精家』을 형 이강식과 공저하여 발간했으나 실전失傳된 것으로 알려져 있다.

그의 작품 중에는 재미있게도 자신의 아호 '우석'에 대해 설명한 글이 있다.

一生唯有賞花樂
萬事都無如我愚

愚遠是非聾世俗

無言石佛是愚石

—「吟愚石號」 전문

우석愚石은 글자 그대로 '어리석은 돌'이라는 뜻이다. 그래서인지 이 시에는 「나의 호를 바보 같은 돌 우석이라 부른 다네!」라는 한글 부제가 달려있다. 이 시는 다음과 같이 번역된다.

평생을 꽃이나 보고 좋아하니

세상에 나 같은 바보는 또 없으리.

허나 바보 같은 사람 시비와 세속 비켜나 있으니

말 없는 돌부처 되고자 우석이라 했다오.

어찌 시인이 꽃만 보고 좋아했을 것인가. 이런 사람은 나무도 풀도 좋아했을 것이고, 그 위 나비도 잠자리도 좋아했을 것이고, 그 아래 꼼지락대는 작은 벌레까지 좋아했을 것이다. 아니, 대자연 모두를 다 아끼고 사랑했을 것이다. 이런 사람은 시비에도 세속에도 예민하지 못하다. 따라서 세상의 이해관계에도 어둡다. 그래서 "바보 같은 사람"처럼 살지만 그는 차라리 "말 없는 돌부처"로 사는 것을 선택하고자 한다.

'어리석은 돌부처'라는 호를 가진 그의 넉넉한 인품이 가깝게 느껴지는 것 같다.

酒力遇强體力微

長風寒雪滿裳衣

如顚如沛狂人步

呼妻款扉勢不違

―「雪中醉歸」

술의 양은 여전한데 힘은 떨어지네

눈보라 찬바람 몰아쳐 옷까지 벗기려는 듯

앞으로 넘어질 듯 뒤로 자빠질 듯

사립문 밀며 나직이 아내를 부르네.

시제「雪中醉歸」은 말 그대로 '눈 속에 취해 돌아가는 길'이다. 취한 화자의 귀갓길이 강한 심상으로 표현되고 있다. 눈보라가 치고 바람이 부는 소리가 청각을 자극하고 옷까지 벗기려는 듯한 찬바람의 한기가 촉각을 자극한다. 갈지자로 비틀대며 "앞으로 넘어질 듯 뒤로 자빠질 듯" 걷는 화자의 모습이 눈에 보이는 것 같다. 특히 마지막 행의 "사립문 밀며 나직이 아내를 부르네."에서는 비록 '광인보狂人步'로 걸어왔지만 문 앞에 와서는 아내에게는 미안한 마음이 가득한 화자의 진정한 마음이 여실하다.

시의 작풍은 솔직하고 인간적이다. 그래서 문학적 성취도도 제고되고 있다. 앞 금천의 시가 '선비의 청담한 인품'을 드러내고 있다면 우석의 시는 술 취하는 세상 속에 거하지만 집착을 버린 '초연超然한 인격'의 모습을 보여주고 있다. 그의 시편에는 술에 관한 글이 많다. 예로 "좋은 시절 돌아오니 지은 시는 가득하고/ 금곡의 물이 말라도 술이 있는 풍류(煙景轉晴詩滿軸 金泉雖渴酒生風)가 있다"고 감흥에 젖어 노래하고(「偶感强題」), 찾아와 근황을 묻는 벗에게 "외로운 시골 초가지만/ 지는 꽃 벗 삼는 술이 있다(孤村一草堂 落花春有酒)"고 답하고 있다.(「客來問余近況」) 외에도 술에 관한 글이 여기저기 산견된다.

앞서 말한 대로 그는 모든 대자연의 사물들을 다 아끼고 사랑하는 사람이다. 물론 인간도 그중 하나다. 따라서 인간의 본성 또한 모자람 없는 구족具足성과 원만성을 지니고 대자연처럼 자유스럽다고 생각한다. 그는 술도 마시고 취하기도 하고 자유하며 산다. 자연을 따르고 함께하는 삶, 자연이 인간에게 감정을 표출한다고 보는 유정有情 우주관이 이른바 '천인합일天人合一 사상'이다. 그는 바로 이런 '천인합일'의 마음으로 '자연'과 함께 '자연'스럽게 살아가고 있었던 것이다.

3

이춘재(李春宰 號: 春崗, 1919~2005) 선생은 멀지 않은 금세기 초까지 우리와 함께 한 분으로 작법도 현대적일 뿐만 아니라 그 수준도 매우 높은 편이다. 그는 지금의 경기고등학교(35회)를 나오고, 일본 동경 상지대학 경제학부를 졸업한 수재다. 남성중 교사, 원광대 교수, 남성고 교장, 남성여고 교장을 역임하고 1985년 퇴임한 분이다. 시인의 부친이 되는 분이다.

그의 여러 시편 중 단연 눈에 띄는 아래 작품부터 보자.

삼팔식三八式 구구식九九式 장총長銃은
이제 삼십 년이 지난 유해遺骸
칠흑漆黑 같은 참호塹壕 속에서
허공虛空으로 굉음轟音이 숨을 죽이며
탄환彈丸을 싣고 우연偶然한 꿈속으로
날아갔다.

한눈은 감고

다른 한 눈이 총구銃口를 기어들어

과녁貫革을 응시凝視하고

방아쇠를 당기면

멧돼지가 검붉은 비린내를 토吐하고

산비둘기 떼 영가靈歌를 합창合唱하던 날.

정복征服과 복수復讐의 교차로交叉路 위에

아폴로의 신神을 얼싸안고 난무亂舞하는

일그러진 카리스마의 군상群像들

그러나

화살이 포물선抛物線을 그리는

풍류風流의 누각樓閣

과녁이 덩!

미주美酒 가인佳人의 청유淸遊가

산山허리를 휘감고

절귀絶句의 묵향墨香이

바위틈에 스며든다.

증오憎惡와 분노忿怒의 용광로鎔鑛爐 속에서

이글이글 타오르는 장식裝飾 없는 순백純白

애정愛情, 연민憐憫, 관용寬容의 탄알을

동짓달 살얼음처럼

꽁꽁 얼어붙는

해묵은 대지大地를 향向해 쏘아 본다.

—「오발誤發」 전문

위 작품은 '1975년 8월'에 만든 것으로 작품 하단에 기록되어 있다. 시인은 작품 초입에 "삼팔식三八式 구구식九九式 장총長銃은/ 이제 삼십 년이 지난 유해"라고 말하며 글의 문을 열고 있다. 30년이 지났다면 이 장총들은 1940년대 만들어진 것들이다. 그렇다면 이 총기들은 45년에 끝난 2차 대전에서도, 53년에 끝난 한국전쟁에서도 사용되었다는 말이 된다. "칠흑漆黑 같은 참호塹壕 속에서" 날아간 탄환은 헤아릴 수 없는 다수의 인명을 학살한 것이다.

첫 연에 등장하는 어휘들을 다시 주목한다. '장총', '유해', '참호', '굉음', '탄환'과 같은 역동적인 어휘들은 강력한 힘과 함께 팽팽한 긴장감을 느끼게 한다.

이렇게 육박해오는 감각은 둘째 연에서도 계속된다. '총구', '과녁', '방아쇠'와 같은 거친 어휘들은 "검붉은 비린내를 토하고"나 셋째 연의 "정복과 복수의 교차로", "영가靈歌를 합창하던 날"과 같은 강렬한 심상과 어우러지며 속도감과 긴박감을 더하고 있다. 그러나 둘째 연부터 총구의 목표물은 바뀐다. 과녁은 사람이 아니라 '멧돼지'나 '산비둘기'가 되는 것이다.

그러나 산짐승이라도 마구 살해하는 것은 인간이 "아폴로의 신을 얼싸안고 난무하는" 것이나 마찬가지다. 즉 '일그러진 군상群像들'에 다름없는 것이다. 방아쇠를 함부로 당겨대는 인간에 대한 시인의 시선이 매우 싸늘하다.

넷째 연에서 시인의 마음은 옛날 "화살이 포물선을 그리는/ 풍류의 누각"으로 향한다. 분위기는 일순 바뀐다. 화살에 "과녁이 덩!" 하고 맞아도 어느 누구도 죽거나 다치지 않는다. 오히려 그곳에는 아름다운 여인의 노랫가락이 "산허리를 휘감고", 시를 짓는 "묵향墨香이/ 바위틈에 스며든다." 화살을 날리던 누각은 속되지 않은 선비들이 놀던 "청유淸遊"의 장소였던 것이다.

마지막 연에서 시인은 다시 과거의 누각에서 현실로 돌아온다. 그는 총을 쏘아본다. 그러나 지금 그가 쏘는 것은 "증오와 분노"의 탄알이 아니다. 대신 "애정, 연민 관용의 탄알을", "장식 없는 순백"의 탄알을 "얼어붙는/ 해묵은 대지를 향해 쏘아"보는 것이다. 그 차디찬 대지는 어디인가? 첫 연에서 '인간들의 장총'에 의해 '인간들의 피비린내'가 쏟아진 바로 그곳이 아닌가. 그래서 대지는 "동짓달 살얼음처럼/ 꽁꽁 얼어"붙고 있는 것이 아닌가.

치고 들어오는 강한 이미지로 작품을 이끌어온 시인이 우리에게 발사한 것은 결국 '평화'의 '순백 탄알'이었다.

뜻밖에도 시인은 정형단시定型短時들을 소개하기에 앞서 자신의 시론을 개진하고 있다. 짧게 요약하면 다음과 같다.

"혼미하고 불확실한 세상에서 시인이라는 특수한 존재가 아니라면 시를 쓴다는 것은 쉬운 일이 아닐 것이다. 누구나 시정詩情을 가질 수 있으나 그것을 문구로 표현하는 일은 어렵다는 말이다. 그래서 간단하게 일상생활에서 감각되는 것들, 즉 춘하추동 사계절, 지구촌의 여기저기에서 일어나는 일, 정치·경제의 갖가지 동향, 가정에서, 술자리에서, 다방에서의 대화, 기타 취미·오락 등 모든 일에 걸쳐 마음으로 얻어지는 것들을 '4·4조, 4행, 32자'로 그려내자는 것을 제안한다."

그리고 시인은 무려 186편이나 되는 자신의 정형단시를 내 보이고 있다. 그야말로 흔한 일상에서 감각될 수 있는 것들로부터 정치, 경제, 문화사회의 각 분야에서 일어나는 모든 일을 총망라하고 있다. 내용이 서로 연결되는 것도 있고 그렇지 않은 것도 있다. 이를 제대로 따져가며 살펴보자면 우선 체계적인 학술적 자세로 접근하여야 할 것이고 작품 소개만 해도 책 한 권으로는 부족할 것 같다. 그러나 시인의 시 세계 이해에 중요한 부분으로 판단되어 사계절을 노래한 네 편의 작품을 우선 읽어보고자 한다.

1.
젖먹이손 보드랍게
동녘하늘 바람불면
새노랗게 새노랗게
개나리꽃 땅적시네

2.
찌는듯한 불볕아래
우거지는 수초그늘
붕어떼는 활기찬데
강태공늘 졸고있네

3.
연기없이 불타는산
저렇게도 강한정열
자연의힘 경외롭고
이내심정 싸늘하다

4.

이상난동 길다해도

늦추위가 오는지라

설거꾸로 쇠었다고

부들부들 떨지마오

각 시편은 짧고 담박하다. 정확하게 4·4조, 4행의 단시다. 일견 단순하다는 느낌도 들지만 각 행은 서로 비교와 대조가 되며 짜임새 있고 재미있게 구성되고 있다.

첫 번째 시는 '봄'을 노래한 것으로 동녘 하늘에서 젖먹이의 손처럼 여리고 부드러운 바람이 불어온다. 그에 따라 개나리꽃이 노랗게 온 땅을 적시듯 물들여가고 있다. 온화한 봄 정경이다.

두 번째 시는 '여름'을 노래하고 있다. 날씨는 불볕처럼 찌는 듯한 더위다. 그래도 수초 그늘에서 헤엄치는 붕어 떼는 활기차게 움직인다. 오히려 그 붕어를 잡으려고 낚시를 드리운 강태공이 꾸벅꾸벅 졸고 있다. 힘이 넘치고 생기가 가득한 붕어 떼와 맥이 풀려 졸고 있는 낚시꾼의 모습이 아주 대조적이다.

셋째 작품은 '가을'이다. "연기 없이 불타는 산"으로 표현된 '단풍 붉게 물든 산'의 비유가 압도적이다. 시인은 이에 더해 그 산을 가리켜 "저렇게도 강한 정열"이라고 수위를 높이고 있다. 자연은 어떤 붓의 힘을 가졌기에 푸르던 산을 저렇게 온통 붉게 칠할 수 있는가. 경외의 마음을 가질 수밖에 없다. 한 해가 가고 있는 가을은 역시 쓸쓸한 계절인가? 더구나 자연에 대한 외경의 마음에 두려워지는 시인의 심정은 찬 가을바람처럼 싸늘하다.

넷째 시는 '겨울'을 노래한다. 이상 난동暖冬이 길어 날씨가 따뜻하다. 그러나 겨울 늦추위는 반드시 오는 법이라고 시인은 경고한다. 사람들은 긴 이상 난동에 설을 거꾸로 쇤 게 아닌가 걱정하며 떤다. 시인은 이상 한파寒波든 이상 난동이든 역시 계절은 자연의 법칙에 따라 반드시 바뀌는 것이라며 이번에는 떨지 말라고 위무한다.

계절의 특징이 잘 드러나는 작품들이다. 시인은 무려 186편이나 되는 이와 같은 정형단시를 써내려가고 있다. 놀라운 일이다.

필자는 위 시를 보며 꼭 소개하고자 하는 작품이 하나 있다.

바람이 분다
해가 뜨고 진다
지구는 돌고
개미는 백 척白尺 벼랑을 기어오른다.

—「바람을 마시고」 부분

실제 이 작품은 5연 23행의 긴 시로 인용문은 그 첫 연에 해당한다. 다 인용을 못 해 아쉽지만 위 네 행만으로도 많은 것을 시사하고 있다. 바람은 기압의 변화로 공기가 움직이는 것으로 당연한 자연현상이다. 해가 뜨고 지는 것도 지구라는 별이 사라질 때까지 계속될 당연한 자연현상이다. 물론 지구가 도는 것도 마찬가지다. 그런데 왜 "개미는 백 척 벼랑을 기어" 오르는 것인가? 벼랑 끝까지 오르면 도대체 무슨 결과를 얻게 되는가? 우리는 모른다. 그러나 확실한 것은 개미는 나름대로 최선을 다하고 있다는 점이다. 어찌 보면 개미는 삶의 고통, 비애, 고독이나 갈등을 벗어난 어떤 초연한 자세를 우리에게 보여주고 있는 것처럼 보인다. 인간들은 덥다고 걱정하고 춥다고 걱정한다. 지지고 볶고 힘들게 한세상 살아간다. 그러나 이

작은 개미나 우리 인간이나 최종 목적지는 결국 같은 것이 아닌가.

4

이정용(李廷用, 號: 恩江)은 시인이자 수필가다. 〈백제문학〉 신인작가상을 수상하며 시인으로 등단했다. 『발의 화법』, 『타인 그녀』, 『엔딩 크레딧』, 『시마 창간호』 등 여러 공저가 있고, 『하늘이 나를 심판했다』(2013년 9월)라는 수필집이 있다.

방학 때면 우르르 다섯 형제들 몰려갔던 집
푸른 들판 정자나무 개천물이 노래부터 하던
마음 있는 십 리 길부터 벌써 진흙탕
황토 흙들은 두 다리에 개엿 엮어
반죽 풀어서 묶어 놓고 빼주질 않네

며느리 눈치 힐끔 숨겨진 치맛자락 속
반숙되어 꺼내주는 쪼글쪼글 작은 손
손 떨리고 떨려오는 노오란 황금달걀
하얀 옥양목 치마폭 속 꺼내주는 시간이 십리 길
손잡아 꼬옥 건네주는 시간이 이십 리 길
밤나무 뒷길 돌아 닭장서 훔쳐 오는 데는
삼십 리 길

왜 그 작디작은 늦추위 쪼글 감 빰 위에
내 빰 하나 얹어서 포개드리질 못했던가

왜 그 작디작은 눈꼽진 샘물터에 누우렁

눈꼽 한 점 훔쳐드리질 못했는가

진정한 황금덩이 눈물 빛 보석 계란이었거늘

진정한 은빛 날개 천사의 보물 달걀이었거늘

—「외할머니의 먼 집」 전문

시인의 여러 작품 중 단연 발군의 기량을 보여주는 시편으로 보인다. 화자는 우선 외할머니 집을 찾아가던 길을 묘사한다. “푸른 들판 정자나무 개천물이 노래”하는 것으로 보아 여름방학 때인 것 같다. “방학 때면 우르르 다섯 형제들”이 몰려갔던 집이었는데 여기 가는 길이 우리 생각처럼 만만치가 않다. 보통 우리는 ‘외갓집’ 가는 길하면 이미 꿈길처럼 ‘아름다운 길’을 상상한다. 그러나 시인은 첫 연부터 우리의 기대를 부순다. 십 리 전부터 “벌써 진흙탕”이다. 아마 장마철이었던 모양이다. 그래서인지 황토 흙은 반죽이 되어 개엿처럼 “다리를 묶어 놓고 빼주질” 않는다.

그렇게 진흙탕 길에 빠져가며 외할머니 댁에 갔다. 그런데 둘째 연부터는 모든 것을 생략하고 갑자기 이야기의 핵심으로 들어간다. 그것은 바로 외할머니가 건네주시던 ‘계란’이다. 시인의 뛰어난 역량이 돋보이는 대목이다. 할머니는 “며느리 눈치”보며 “쪼글쪼글 작은 손”으로 “치맛자락 속”에 숨긴 달걀을 몰래 건네주셨다. 정말 “손 떨리고 떨려오는 노오란 황금달걀”이었다. 그런데 할머니는 외갓집에 화자가 머물러 있는 동안 몇 번이나 달걀을 ‘몰래’ 건네주신 것 같다. 화자가 그것을 받는데 걸린 시간을 언급하고 있기 때문이다. 시인의 눈은 아주 섬세하다. “하얀 옥양목 치마폭 속 꺼내주는 시간이 십 리 길”이다. “손잡아 꼬옥 건네주는 시간이 이십 리 길”이다. 어떤 때는 몰래 닭장에서 "밤나무 뒷길"까지 외손자에게 가져다주셨다. 그때 걸린 시간은 "삼십 리 길"이었다. 여기에서 십 리, 이십 리, 삼십 리 길은 물론 물리적인 시간이 아니라 심리적인 시간일 터이다. 시간의 단위를 거리의 단위로 바꾸어 표현하는 역량이 돋보인다.

셋째 연에서 시인은 옛날 여름방학에서 다시 현재의 시간으로 돌아와 생각하고 있다. 그때는 왜 늙은 외할머니의 극진한 사랑과 정성을 몰랐던 것인가? 왜 그때는 할머니의 쪼글쪼글한 "뺨 위에/ 내 뺨"을 얹어 "포개드리질 못했던가" 왜 눈시울 한 번 제대로 "훔쳐드리질 못했는가" 화자는 이제 마냥 후회가 될 뿐이다. 그리고 깨우친다. 그 달걀의 진정한 가치를.

마지막 연에서 화자는 그 달걀이 "진정한 황금덩이 눈물 빛 보석 계란"이었다고 확언한다. 또한, 그 달걀이 "진정한 은빛 날개 천사의 보물 달걀"이었다고 단언한다.

우리는 갑자기 외할머니를 떠올린다. 그분도 우리를 위해 눈시울을 적셨을 때가 있었을 것이다. 한 번이나 제대로 그 '눈물 빛 보석'을 훔쳐드린 일이 있었던가? 한 번이나 그분의 뺨 위에 내 뺨을 얹어보기나 했던가? 그러나 이제 그분은 멀리 떠나시고 말았다.

5

시를 쓰는 문인이 4대나 걸쳐 계속되고 있는 집안은 참으로 보기 힘들다. 이정미의 가계家系는 정말 특별하고 귀한 혈통의 집안이라고 할 수 있다. 지금은 물론 후대에도 계속 문운이 왕성한 집안이 되기를 기원한다.

다섯 분의 작품들에 빠져 유영하다 보니 어느새 내 작은 방에도 문향이 가득하다.

햇살 따라 봉선화

펴 낸 날 2020년 12월 23일

지 은 이 이기형, 이강희, 이춘재, 이정용, 이정미
펴 낸 이 이기성
편집팀장 이윤숙
기획편집 윤가영, 이지희, 서해주
표지디자인 윤가영
책임마케팅 강보현, 김성욱
펴 낸 곳 도서출판 생각나눔
출판등록 제 2018-000288호
주 소 서울 잔다리로7안길 22, 태성빌딩 3층
전 화 02-325-5100
팩 스 02-325-5101
홈페이지 www.생각나눔.kr
이 메 일 bookmain@think-book.com

• 책값은 표지 뒷면에 표기되어 있습니다.
ISBN 979-11-7048-177-5(03810)

• 이 도서의 국립중앙도서관 출판 시 도서목록(CIP)은 서지정보유통지원시스템 홈페이지(http://seoji.nl.go.kr)와 국가자료공동목록시스템(http://www.nl.go.kr/kolisnet)에서 이용하실 수 있습니다 (CIP2020053524).

· 이 책은 e-book으로도 발간되었습니다.